文字激扬青春
阅读点亮人生

梁晓声
2024. 7. 15
北京

我一直想要制成两把音质同样优良的小提琴,
以此向世人证明,
世上有些不同事物的美好是同样的。
在美好和美好之间为什么还要比来比去呢?
这是由于人心的狭隘导致的愚蠢啊!

河流彻底地解冻了,
小草从泥土中钻出来了,
柳枝由脆变柔了,树梢变绿了。
还有,一队一队的雁,朝飞夕栖,
也在四月里不倦地从南方飞回北方来了……

在"大牲口"中,驴一向被视为小字辈。
如果牛马骡是自家的,且正当壮年,
农民往往会以欣赏的目光望着它们,
目光中有时甚至会流露着感激,
却很少以那种目光看驴。
但,一个孩子却经常以欣赏的目光望着自家的驴,
欣赏起来没个够。
在他眼中,
他家的驴好漂亮啊。

当女儿的手轻轻推开了窗扇,
呵——一阵馥郁的气息随之而至。
顿时,她几乎醉了。
那是茶乡的早晨的气息。
窗外,山丘波状的曲线近在眼前。
一行行修剪过的茶树,
从山脚至山头,层层叠叠,宛如梯田,
使整座山丘成为茶山。

给少年的人世间

中小学课本里的名家名作

戌闰乾　主编

梁晓声　著

双琴祭

化学工业出版社
·北京·

图书在版编目（CIP）数据

双琴祭 / 梁晓声著；戌闰乾主编． -- 北京：化学工业出版社，2025.5． --（中小学课本里的名家名作）．
ISBN 978-7-122-47725-5

Ⅰ．I267

中国国家版本馆CIP数据核字第20251TQ247号

责任编辑：李 壬　　　　　　　　　　内文排版：蚂蚁王国
责任校对：杜杏然

出版发行：化学工业出版社（北京市东城区青年湖南街13号 邮政编码100011）
印　　装：三河市双峰印刷装订有限公司
880mm×1230mm　1/32　印张7½　彩插5　字数180千字
2025年7月北京第1版第1次印刷

购书咨询：010-64518888
售后服务：010-64518899
网　　址：http://www.cip.com.cn

凡购买本书，如有缺损质量问题，本社销售中心负责调换。

定　价：38.00元　　　　　　　　　　　　版权所有　违者必究

总序
文字激扬青春，阅读点亮人生

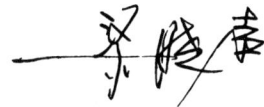

  我的小友、出版人许挺来信与我联系，说他策划了一套"激扬青少年悦读文库"，涵盖了多种文学类型和题材，能够满足不同年龄段和阅读水平的青少年的需求。他希望我能给这套文库写篇总序，鼓励青少年朋友多读书，用文字激扬青春，靠阅读点亮人生。

  于是，我很虔诚地为这一套文库作序。

  青少年朋友们，为你们所出版的丛书业已不少，然而我还是要很负责任地说，这一套文库无疑是值得你们阅读的。并且我相信，如果你们真的阅读了，确实对你们的成长是有益的。这是一套专门为中小学生选编的文学类课外阅读文库，是年轻的编辑小友为开阔和丰富你们的课外阅读视野而做的一件事情。

你们都是喜欢玩"网游"的孩子吗？我知道，你们十之八九是那样的。我绝不反对你们上网，连你们喜欢玩"网游"这一点也不反对。为什么要反对呢？青少年时期，本就是爱游戏的呀。但你们每天上网多久呢？一小时？两小时？抑或更长的时间？如果仅仅上网一小时，那么我相信，你们每个星期总归还会有几小时可以读读课外书。如果每天上网两小时以上，那么我斗胆建议你，节省出一小时来，读读书吧，比如，就是这一套文库。

在信息爆炸的当下，网络内容鱼龙混杂，优劣掺半，娱乐化甚嚣尘上，你们的阅读习惯正遭受前所未有的冲击。不少孩子沉迷于手机、平板上的碎片化信息，目光被浮光掠影的短视频、快餐式网文、游戏牢牢黏住，深度阅读、沉浸式思考变得稀缺。而阅读经典作品，恰是对抗这种"阅读贫瘠"的良方。文库精选的这些经典文章，带着岁月沉淀的思想性、艺术性与可读性，是提高青少年阅读能力、写作功底的精选范本，更是提升情感态度、价值观的温润基石。

回想起我自己的年少时光，书籍是贫瘠生活里最富足的滋养。那时阅读资源有限，一本好书往往要辗转多人之手，书页翻得发皱、边角磨损，可文字性的营养丝毫不减。今日的你们何其幸运，有这样一套文库在手，海量佳作，触手可及。

故我认为，读书于青少年成长，益处不言而喻。学业上，阅读是学好语文的前提，词汇运用、语感培养、逻辑梳理，皆在读好书中获得能力的提高；长远看，精神层面更是受益无穷。书里百态人生、万千境遇，教会大家困境中咬牙坚持、与人相处时宽容豁达、目睹苦难心怀悲悯。久而久之，身上自带"书卷气"，沉稳大气，伴你一生。

读书吧，青少年朋友们！就从这套文库读起吧。但愿这套文库能成为你们的架上书、枕边书。但愿这套文库能使你们渐渐成为不仅喜欢上网，也喜欢读书的人。但愿在你们中年的时候，别人谈论起你们，将会说："噢，那是一个喜欢读书的人。""啊，那个人的书卷气质给我留下特别的印象。"

高尔基说："书籍包含着我们的先人，以及我们同代人的灵魂，书籍似乎就是人们在全世界范围内对本身事业的谈论，就是人类心灵关于生活的记载。"

于我而言，书是贯穿一生的挚友。童年匮乏时，书籍为我打开新世界大门；创作路上，是灵感源泉与心灵慰藉。

而一位罗马皇帝的临终遗言则是："我最初的故乡是书本。"

同学们，为自己拥有那一"故乡"而读这套文库吧！尽管我们都不会愚蠢地梦想当皇帝……

真心期望这套文库也能融入你们的生活，成为你们的知心好友。不管是识字不久的小学生,还是即将备战大考的初中生、高中生,翻开它,寻一处安静的角落沉浸其中,遇困惑、触动处多思量;读完若收获知识、心生暖意,便不枉一读。

目录

辑一 双琴祭

双琴祭 / 2

感激 / 5

龙！龙！龙！ / 18

野草根祭 / 41

怀念赵大爷 / 55

朱师傅一家 / 59

看自行车的女人 / 67

儿子、母亲、公仆和水 / 74

辑二 老水车旁的风景

老水车旁的风景 / 80

阳春面 / 86

练摊儿 / 91

鸳鸯劫 / 95

丢失的香柚 / 101

永久的悔 / 104

孩子和雁 / 109

羊皮灯罩 / 116

毛虫之死 / 123

玉顺嫂的股 / 126

孩子·驴子和水 / 135

一只风筝的一生 / 144

路遥和他的《平凡的世界》 / 152

辑三 在西线的列车上

在西线的列车上 / 160

清名 / 170

老妪 / 176

王妈妈印象 / 179

老茶农和他的女儿 / 191

玻璃匠和他的儿子 / 201

大兵 / 209

兵与母亲 / 215

"老兵"和军马 / 224

辑一

双琴祭

双琴祭

那两棵树,是生长极慢的树,最适合取其材而做琴。那位老制琴师呢,他的经验是,一棵那样的树,只能锯取一段,做成一把音质优良的小提琴。所以他打算用那两棵树同时做两把小提琴,使它们在音质上不分轩轾。

琴取于材,材取于树。老制琴师当年亲手栽下的两株小树苗,在十余载里,不但增加着年轮,也像少年和少女渐渐长成健壮的青年和标致的女郎一样,深深地相爱了。它们彼此欣赏,彼此赞美,永不厌倦地诉说着缠绵的情话。

但是,没等琴做成,老制琴师却病倒了。他临终前对儿子说:"我一直想要制成两把音质同样优良的小提琴,以此向世人证明,世上有些不同事物的美好是同样的。在美好和美好之间为什么还要比来比去呢?这是由于人心的狭隘导致的愚蠢啊！我想做的事是做不到了，你一定要替我做到……"说完，老制琴师就死了。

后来，他的儿子伐倒那两棵树，锯取了它们各自最好的一段，制成了两把音质同样一流的小提琴。他把琴送到了琴店，郑重地交代："如果有谁在这两把琴中反复比较、挑选，那么无论他最终选择了哪一把，都不卖给他。如果有人说它们是同样好的琴，那么可以将两把琴都送给他。如果是两个人，那么一人一把。"

有一天，琴店来了两位父亲，带着两名少年。两位父亲是好友，他们是陪儿子来选琴的。两名少年不约而同地看上了那两把小提琴，于是店主取出琴让他们试一试。

他们各拉一曲后，都说以他们的耳听来，两把琴的音质同样优良。为了使大人们相信他们对所选的不后悔，他们还毫不犹豫地交换了琴。于是他们幸运地接受了赠予。

后来，他们果然都成了"家"，声名鹊起。无论何时何地，他们一直合奏着。

世人欣赏并赞美他们的合奏，但世人的心理是古怪的，不久，就开始了他们之间孰高孰低的纷纭众说。而寂寞的传媒则一口咬住那纷纭众说，推波助澜。

最后，他们不能再合奏下去了，只能迫不得已地分开，各自独奏。但他们都是那么眷恋合奏，因为他们觉得只有合奏才能发挥出他们的演奏天赋。

比他们更眷恋合奏的是那两把小提琴！只有合奏的时

候，它们才有机会相见！

但自从它们分开了，它们再没"见到"过对方。它们被思念折磨着，它们的琴音里开始注入了缕缕忧伤，正如苦苦相思着的情人们的信上有泪痕一样。

然而两位由合奏而独奏的演奏家，竟渐渐地相互心生出嫉恨来。他们不知不觉就坠入了别人的"阴谋"。因为他们曾经的珠联璧合，引起了别人的嫉恨。别人想要离间他们，想要看他们成为仇敌。

终于，他们中的一个心理崩溃了。他摔毁了他心爱的小提琴，跃下阳台，一命呜呼。

那时，另一个正在舞台上演出。他提琴的几根弦，随弓皆断。皆断之际，小提琴发出类似哀号的最后一声颤音……

悲剧的发生使人心趋于冷静，对死者的同情超过了人心对其他一切的表现。有同情就有憎恨。另一个还没来得及从惊愕中悟到什么，已然懵懂地成了罪魁祸首。最后，他疯了。

他那一把琴被换了弦，又摆在琴店里了。然而，无人问津，因为它已被视为不祥之物。只要琴弓一搭在弦上，便会发出号哭一般的声音。

是的，那真是一把小提琴在号哭——在为它不幸的爱人而号哭……

感激

有一种情愫叫作感激。

有一句话是"谢谢"。

在年头临近年尾将终的日子里,最是人忙于做事的时候。仿佛有些事不加紧做完,便是一年的遗憾似的。

而在如此这般的日子里,我却往往心思难定,什么事也做不下去。什么事也做不下去我就索性什么事也不做。唯有一件事是不由自主的,那就是回忆。朋友们都说这可不好,这就是怀旧呀,怀旧更是老年人的心态呀!

我却总觉得自己的回忆与怀旧是不太一样的。总觉得自己的回忆中有某种重要的东西。它们影响着我的人生,决定着我的人生的方方面面是现在的形状,而不是另外的形状。

有一天我忽然明白了,我之所以频频回忆实在是因为我内心里渐渐充满了感激。这感激是人间的温情从前播在一个少年心田的种子。我由少年而青年而中年，那些种子就悄悄地如春草般在我心田上生长……

我感激父母给我以生命。在我将孝而未来得及更周到地尽孝的年龄，他们先后故去，在我内心里造成很大的两片空白。这是任什么别的事物都无法填补的空白，这使我那么忧伤。

我感激我少年记忆中的陈大娘。她常使我觉得自己的少年曾有两位母亲。在我们那个大院里我们两家住在最里边，是隔壁邻居。她年轻时就守寡，靠卖冰棍拉扯两个女儿一个儿子长大成人。童年的我甚至没有陈大娘家和我家是两户人家的意识区别。经常地，我闯入她家进门便说："大娘，我妈不在家，家里也没吃的，快，我还要去上学呢！"

于是大娘一声不响放下手里的活儿，掀开锅盖说："喏，就有俩窝窝头，你吃一个，给正子留一个。"——正子是他的儿子，比我大四五岁，饭量也比我大得多。那正是饥饿的年代，而我却每每吃得心安理得。

后来我们那个大院被动迁，我们两家分开了。那时我已是中学生，下午班，每提前上学，去大娘家。大娘一看我脸色，便主动说："又跟你妈赌气了是不是？准没在家吃饭！稍等会儿，我给你弄口吃的。"

仍是饥饿的年代。

我照例吃得心安理得。

少不更事，从不曾对大娘说过一个"谢"字。甚至，心中也从未生出过感激。

有次，在路口看见卖冰棍的陈大娘受恶青年的欺负，我像一条凶猛的狼狗似的扑上去和他们打，咬他们的手。我心中当时愤怒到极点，仿佛看见自己的母亲受到欺辱……

那便算是感激的另一种方式，也仅那么一次。

我下乡后再未见到过陈大娘。

我落户北京后她已去世。

我写过一篇小说是《长相忆》——可我多愿我表达感激的方式不是小说，不是曾为她和力不能抵的恶青年们打架，而是执手当面地告诉她——大娘……

由陈大娘于是自然而然地忆起淑琴姐。她是大娘的二女儿，是我们那条街上顶漂亮的大姑娘，起码在我眼里是这样。我没姐姐，视她为姐姐。她关爱我，也像关爱一个弟弟。甚至，她谈恋爱，去公园幽会，最初几次也带上我，充当她的小伴郎。淑琴姐之于我的人生的意义，在于使我对于女性从小培养起了自认为良好的心理。我一向怀疑"男人越坏，女人越爱"这种男人的逻辑真的有什么道理。淑琴姐每对少年的我说："不许学那些专爱在大姑娘面前说下流话的坏小子啊！你要变那样，我就不喜欢你了！"——男人对女人的终生的态度，据我想来，取决于他有没有幸运地在少年时代就获得种种非血缘甚至也非亲缘的女人那一种长姐般的有益于感情质地形成的呵护和关爱，以及从她们那儿获得怎样的潜移默化的教育。我这个希望自己有姐姐而并没有的少年，从陈大娘的漂亮的二女儿那儿幸运地都得到过。似姐非姐的淑琴姐当年使我明白——男人对于女人，有时仅仅心怀爱意是不够的，而加入几分敬意是必要的。淑琴姐令我对女性的情感和心理从小是比较自然的，也几乎是完全自由的。这不仅是幸运，何尝不是幸福？

细细想来，我怎能不感激淑琴姐？

她使当年是少年的我对于女性情感呵护和关爱的需要，体会到温馨、饱满又健康的获得。

一九六二年我的家加入了另一个区另一条街上的另一个大院，一个在一九五八年由女工们草草建成的大院。房屋的质量极其简陋。九户人家中七户是新邻居。

那是那一条街上邻里关系非常和睦的大院。

这一点不唯是少年的我的又一种幸运，也是我家的又一种幸运。邻里关系的和睦，即或在后来的"文革"时期，也丝毫不曾受外界骚乱的滋扰和破坏。我的家受众邻居们帮助多多。尤其在我的哥哥精神分裂以后，倘我的家不是处在那一种和睦的互帮互助的邻里关系中，日子就不堪设想了。

我永远感激我家当年的众邻居们！

后来，我下乡了。

我感激我的同班同学杨志松，他现在是《大众健康》的主编。在班里他不是和我关系最好的同学，只不过是关系比较好的同学。我们是全班下乡的第一批，而且这第一批只我二人。我没带褥子，与他合铺一条褥子半年之久。亲密的关系是在北大荒建立的。有他和我在一个连队，使我有了最能过心最可信赖的知青伙伴。当人明白自己有一个在任何情况之下都绝不会出卖自己的朋友的时候，他便会觉得自己有了一份特殊的财富。实际上他年龄比我小几个月。我那时是班长，我不习惯更不喜欢管理别人，小小的权力和职责反而使我变得似乎软弱可欺。因为我必须学会容忍制怒。故每当我受到挑衅，他便往往会挺身上前，厉喝一句——"干什么？想打架么？！"

我也感激我另外的三名同班同学王嵩山、王玉刚、张云河。他们是"文革"中的"散兵游勇"，半点儿也不关心当年的"国家大事"。下乡前我为全班同学做政治鉴定，我力陈他们其实都是政治上多么"关心国家大事"的同学，唯恐一句半句不利于肯定他们"政治表现"的评语会影响他们今后的人生。为此我和原则性极强的年轻的军宣队班长争执得面红耳赤。他们下乡时本可选择去离哈尔滨近些的师团，但他们专执一念，愿望只有一个——我和杨志松在哪儿，他们去哪儿。结果被卡车在深夜载到了兵团最偏远的山沟里。见了我和杨志松的面，还都欢天喜地得忘乎所以。

他们的到来，使我在知青的大群体中，拥有了感情的保险箱，而且，是绝对保险的。在我们之间，友情高于一切。时常，我脚上穿的是杨志松的鞋；头上戴的是王嵩山的帽子；棉袄可能是王玉刚的；而裤子，真的，我曾将张云河的一条新棉裤和一条新单裤都穿成旧的了。当年我知道，在某些知青眼里，我也许是个喜欢占便宜的家伙，但我的好同学们明白，我根本不是那样的人。他们格外体恤我舍不得花钱买衣服的真正原因——为了治好哥哥的病，我每月尽量往家里多寄点儿钱……

后来杨志松调到团部去了。分别那一天他郑重嘱咐另外三名同学："多提醒晓声，不许他写日记，开会你们坐一块儿，限制他发言的冲动。"

再后来王嵩山和王玉刚调到别的师去了。张云河调到别的连当卫生员去了。

一年后杨志松上大学去了……

我陷入了空前的孤独……

此时我有三个可以过心的朋友——一个叫吴志忠，是二班长；一个叫李鸿元，是司务长；还有一个叫王振东，是木匠——都是哈尔滨知青。

他们对我的友情，及时填补了由于同班同学先后离开我而对我的情感世界造成的严重塌方……

对于我，仅仅有友情是不够的。我是那类非常渴望思想交流的知青。思想交流在当年是很冒险的事。我要感激我们连队的某些高中知青，和他们的思想交流使我明白——我头脑中对当年现实的某些质疑，并不证明我思想反动，或疯了。如果他们中仅仅有一人出卖了我，我的人生将肯定是另外的样子，然而我不曾被出卖过。这是很特殊的一种人际关系，因为我与他们，并不像与我的四名同班同学一样，彼此有着极深的感情作为关系的前提和基础。在我,近乎人性的分裂——感情给我的同班同学,思想却大胆地仅向高中知青们坦言。他们起初都有些吃惊,也很谨慎,但是渐渐地,都不对我设防了。"九一三"事件以后,我和他们交流过许多对国家,当然也是对我们自身命运的看法。

真的,我很感激他们——他们使我在思想上不陷于封闭的苦闷……

我还感激我的另外两名好同学——一个叫刘树起,一个叫徐彦。刘树起在我下乡后去了黑龙江省的饶河县插队;徐彦因母亲去世,妹妹有病,受照顾留城。一般而言,再好的中学同学,一旦天南地北,城里农村,感情也就渐渐淡了。即或夫妻,两地分居久了,还会发生感情变异呢!

但我和他们二人之间的感情,却相当不可思议地,因分离而越来越深。凡三十余年间,仿佛在感情上根本就不曾被分开过。故我每每形容,这是我人生的一份永不贬值的"不动产"。

我感激我们连队小学校的魏老师夫妻。魏老师是一九六六年转业北大荒的老战士,吉林人,他妻子也是吉林人。当年他们夫妻像兄嫂一样待我,说对我关怀备至也丝毫不夸大其词。离开北大荒后我再未见到过他们,魏老师一九九五年已经病故,我每年春节与嫂子通长途问安……

一九七二年我调到了团部。

我感激宣传股的股长王喜楼。他是现役军人,十年前病故。他使宣传股像一个家，使我们一些知青报道员和干事如兄弟姐妹。在宣传股的一年半对我而言几乎每天都是愉快的。如果不是每每忧虑家事，简直可以说很幸福。宣传股的姑娘们个个都是品貌俱佳的好姑娘，对我也格外友好，友好中包含着几分真挚的友爱。不知为什么，股里的同志都拿我当大孩子。仿佛我年龄最小，仿佛我感情最脆弱，仿佛我最需要时时予以安慰。这可能由于我天性里的忧伤；还可能由于我在个人生活方面一向瞎凑合。实事求是地说，我受到几位姑娘更多的友爱。友爱不是爱，友爱是亲情之一种。当年，那亲情营养过我的心灵，教会我怎样善待他人……

我感激当年兵团宣传部的崔干事。他培养我成为兵团的文学创作员，他对于改变我的人生轨迹起了重要的作用，他就是我的小说《又是中秋》中的"老隋"。

他现因经济案被关押在哈尔滨市的监狱中。虽然他是犯人，我是作家——但我对他的感激此生难忘。如果他的案件所涉及的仅是几万，或十几万，我一定替他还上。但据说二三百万，也许还要多，超出了我的能力。每忆起他，心为之怆然。

我感激木材加工厂的知青们——当我被惩处性地"精简"到那里，他们以友爱容纳了我，在劳动中尽可能地照顾我。仅半年内，就推荐我上大学。一年后，第二次推荐我。而且，两次推荐，选票居前。对于从团机关被"精简"到一个几乎陌生的知青群体的知青，这一般情况下是根本没指望的。若非他们对我如此关照,我后来上大学就没了前提。那时我已患了肝炎,自己不知道,只觉身体虚弱,但仍每天坚持在劳动最辛苦的出料流水线上。若非上大学及时解脱了我,我的身体某一天肯定会被超体能的强劳动压垮……

我感激复旦大学的陈老师。这位生物系抑或物理系的老师的名字我至今不知。实际上我只见过他两面。第一次在团招待所他住的房间,我们之间进行了一个多小时的谈话,算是"面试";第二次在复旦大学,我一入学就住进了复旦医务室的临时肝炎病房。我站在二楼平台上,他站在楼下,仰脸安慰我……

任何一位招生老师,当年都有最简单干脆的原则和理由,取消一名公然嘲笑当年文艺状况的知青入学的资格,陈老师没那么做。正因为他没那么做,我才有幸终于成了复旦大学的"工农兵学员"——而这个机会,对我的人生,对我的人生和文学的关系,几乎是决定性的。

如果说,我的母亲用讲故事的古老方式无意中影响了我对故事的爱好,那么——崔长勇,木材加工厂的知青们,复旦大学的陈老师,这三方面的综合因素,将我直接送到了与文学最近的人生路口。他们都是那么理解我爱文学的心,他们都是那么无私地成全我。如果说,所谓"在人生的紧要处其实只有几步路"这句话是正确的,那么他们是推我跨过那几步路的恩人。

我感激当年复旦大学创作专业的全体老师。一九七四年至一九七七年，是中国政治风云变幻莫测的三年。我在这样的三年里读大学，自然会觉压抑。但于今回想，创作专业的任何一位老师其实都是爱护我的。翁世荣老师，秦耕老师，袁越老师又简直可以说对我关怀备至。教导员徐天德老师在具体一二件事上对我曾有误解，但误解一经澄清，他对我们一如既往地友爱诚恳。这也是很令我感激的……

我感激我的大学同学杜静安、刘金鸣、周进祥。因为思想上的压抑，因为在某些事上受了点儿冤屈，我竟产生过打起行李一走了之的念头。他们当年都曾那么善意又那么耐心地劝慰过我。所谓"良言一句三冬暖"。他们对我的友爱，当年确实使我倍感温暖。我和小周，又同时是入党的培养对象。而且，据说二取一。这样的两个人，往往容易离心离德，终成对头。但幸亏他是那么明事明理的人，从未视我为妨碍他重要利益的人。记得有一天傍晚，我们相约了在校园外散步，走了很久，谈了很多。从父母谈到兄弟姐妹谈到我们自己，最后我们达成了这样的共识——我们天南地北走到一起，实在是一种人生的缘分，我们都要珍惜这缘分。至于其他，那非是我们自己探臂以求的，我们才不在乎！从那以后到毕业，我们彼此真诚，友情倍深……

我感激北影。我在北影的十年，北影文学部对我任职于电影厂而埋头于文学创作，一向理解和支持，从未有过异议。

我感激北影十九号楼的众邻居。那是一幢走廊肮脏的筒子楼，我在那楼里只有十四平方米的一间背阴住房，但邻居们的关系和睦又热闹，给我留下许多温馨的记忆……

我也感激童影。童影分配给了我宽敞的住房，这使我总觉为它做的工作太少太少……

我感激王姨——她是母亲的干姊妹。在我家生活最艰难的时日，她以女人对女人的同情和善良，给予过母亲许多世间温情，也给予过我家许多帮助……

我感激北影卫生所的张姐——在父亲患癌症的半年里，她次次亲自到我家为父亲打针，并细心嘱我怎样照料父亲……

我感激北影工会的鲍婶，老放映员金师傅，文学部的老主任高振河——父亲逝世后，我已调至童影，但他们却仍为父亲的丧事操了许多心……

我甚至要感激我所住的四号楼的几位老阿姨。母亲在北京时，她们和母亲之间建立了很深的感情，给了母亲许多愉快的时光……

我还要感激我母亲的干儿女单雁文、迟淑珍、王辰锋、小李、秉坤等。他们带给母亲的愉快，细细想来，只怕比我带给母亲的还多……

我还要感激我哥哥的初中班主任王鸣歧老师。她对哥哥像母亲对儿子一样。哥哥患精神病后，其母爱般的老师感情依然，凡三十余年间不变。每与人谈及我的哥哥，必大动容。王老师已于去年病逝……

我还要感激我的班主任孙荏珍老师，以及她的丈夫赵老师——当年她是我们的老师时才二十二三岁。她对我曾有过厚望，但哥哥生病后，我开始厌学，总想为家庭早日工作，这使她一度对我特别失望。然恰恰是在"文革"中，她开始认识到我是她最有独立思想的学生，因而我又成了她最为关心的几个学生之一……

我还要感激我哥哥的高中同学杨文超大哥。他现在是哈尔滨一所大学的教授。我给弟弟的一封信，家乡的报转载了。文超大哥看后说——"这肯定无疑是我最好的高中同学的弟弟！"于是主动四处探问我三弟的住址，亲自登门，为我三弟解决了工作问题——事实上，杨文超、张万林、滕宾生，加上我的哥哥，当年也确是最要好的四同学，曾使他们的学校和老师引以为荣。同学情深若此，不枉"同学"二字矣！

我甚至还要感激我家当年社区所属派出所的两名年轻警员——一姓龚，一姓童。说不清究竟由于什么原因，他们做片警时，一直对母亲操劳支撑的一个破家，给予着温暖的关怀……

还有许许多多我应该感激的人，真是不能细想，越忆越多。比如哈尔滨市委前宣传部部长陈风珲，比如已故东北作家林予，都既有恩德于我，也有恩德于我的家。

在一九九八年年底，我回头向自己的人生望过去，不禁讶然，继而肃然，继而内心里充满一大片感动！——怎么，原来在我的人生中，竟有那么多善良的好人帮助过我，关怀过我，给予过我持久的或终生难忘的世间友爱和温情么？

我此前怎么竟没意识到？

这一点怎么能被我漠视？

没有那些好人，我将是谁？我的人生将会怎样？我的家当年又会怎样？我这个人的一生，却实际上是被众多的好人，是被种种的世间温情簇拥着走到今天的啊！我凭什么获得着如此大幸运而长久以来麻木地似乎浑然不觉呢？亏我今天还能顿悟到这一点！这顿悟使我心田生长一派感激的茵绿草地！生活，我感激你赐我如此这般的人生大幸运！我向我人生中的一切好人深鞠躬！让我借歌中唱的一句话，在一九九八年底"祝好人一生平安"！我想——心有感激，心有感动，多好！因为这样一来，人生中的另外一面，比如嫌恶、憎怨、敌意、细碎介梗，就显得非常小器、浅薄和庸人自扰了……再祝好人一生平安！

龙！龙！龙！

某些人一见我这篇散文的题目，必然地并且立刻地就会联想到日本电影《虎！虎！虎！》。他们中有人还会太自以为是地下结论——看，为了吸引眼睛，连文题都进行如此相似的拷贝了！足见中国作家们已浮躁到何种地步！没什么可写的就不写算了嘛，何必硬写？

见他们的鬼去！

我之写作，非是他们的心所能理解的。

我笔写我心，与他们的心无关；与《虎！虎！虎！》更是无关。

几天前我做了一个梦。

二十几年来，由于严重的颈椎病，入睡成为一件极困难的事。终于成眠，到底也只不过是浅觉，一向辗转反侧，想做梦也做不成的。

然而几天前真的做了一梦——梦见自己站在半空,仿佛是我家可以隔窗望到的盘古大厦的厦顶。在更高的半空,在抓一把似能有实物在手,并能像湿透了的棉絮般拧出不洁的水滴的霾层间,有龙首俯视我,龙身在霾中一段隐一段现的,其长难断,然可谓巨。

我却未觉惊恐。是的,毫无惊恐。反觉我与那龙之间,有着某种亲缘存在,故它定不会伤我。龙身青虾色,鳞有光,虽霾重亦不能尽蔽。

我正疑惑,龙叫我:"二哥……"

其声如槌轻击大鼓,半空起回音,听来稔熟,并且,分明是小心翼翼的叫法;又分明,它怕猝然地大声叫我,使我如雷贯耳,惧逃之。

我不惧,问:"你是玉龙?"

龙三点首。

又问:"玉龙,你怎么变成了一条真龙?"

龙说:"二哥,我也不明白。"

再问:"你这一变成真龙,萌萌和她妈往后的日子谁陪伴?你们家失去了你的支撑怎么行呢?还有你姐和两个妹妹,没有你的接济,她们的生活也更困难了呀!"

龙说:"是啊!"

随之,龙长叹一声。

我生平第一次听到一条龙的叹息——如同一万支箫齐吹

出"咪、发"二音;在我听来,像是"没法"。

我顿时满心怆然,为玉龙的妻和女儿,为他的姐姐和两个妹妹,也为他自己,尽管他变成的是一条龙,而非其他。在人和龙之间,我愿他仍是一个人,即使是中国草根阶层中的一个人。他仍是一个人,对他的亲人们终究是有些益处的。我想,这肯定也是他的愿望。

我见龙的双眼模糊了,不再投射出如剑锋的冷光。它双眼一闭,清清楚楚地,我又见有两颗乒乓球般大的泪滴从半空落下。一颗落在我肩头,碎了,仿佛有大雨点溅我颊上,冰凉冰凉;另一颗落在离我的脚半米远处,也碎了,溅湿了我的鞋和裤脚。

我又听到了一声龙的叹息,如同一万支箫包围着我齐吹"咪、发"。

"没法……没法……"龙的叹息在霾空长久回响。

我的双眼,便也湿了。

斯时我心如海,怆然似波涛,一波压一波,一涛高过一涛,却无声。

我觉喘不上气来,心脏像是就要被胀破了。

龙叫我脱下上衣,接住它给我的东西。

我照做。

龙以爪挠身,鳞片从霾空纷纷而落。我喊起来:"玉龙,不要那样!"然而,又不能不慌忙地接。

龙说:"我的鳞,都是玉鳞,上好的和田玉。每片值数万元!请二哥分给我的姐姐和两个妹妹,从此我对她们的亲情责任一劳永逸了……"

鳞落甚多,我衣仅接多半,少数不知飘坠何处了。也有的落在盘古大厦之顶,发出清脆铿锵的响声,如磬音。

"玉龙,不要再给啦!"

我眼里禁不住地淌下泪来。抬头望龙,大吃一惊,见龙抓出了自己的一只眼睛!

龙说:"二哥,我的一只眼睛,值几千万元。你替我创办一个救助穷人的基金吧。百分之五,作为你的操心费……"

分分明明地,一颗龙眼自空而落。龙投得很准,使其准确地被我接住了——与那些鳞片一样,带着如人血一般殷红的血迹。大约中碗,透明似水晶,眸子尚在内中眨动,如在传达眼语。

我再次抬头望它,见它已掉头而去。我又喊:"玉龙,别走!我还有话对你说!"

"二哥放心,我会做一条对人间有益的好龙的!空中霾气太重,我肺难受,得赶紧去往空气质量好的地方将养鳞伤眼伤。这是你我最后一面,从此难见了……"霾空传下那龙最后的言语,如阵阵闷雷。

我大叫:"玉龙!玉龙!玉龙你回来……"

龙转瞬不见。

我将自己叫喊醒了。

玉龙是我家五十年前的近邻卢叔、卢婶家的长子。当年我刚入中学,他才上小学。我们那一条小街,是哈尔滨市极破烂不堪的一条小街,土路,一年几乎有一半的时间是泥泞的。当年我们那个同样破烂不堪的院子九户人家,共享一百多平方米的院地,而我家和卢家,是隔壁邻居,我家二十八平方米,他家约二十平方米。我曾在我的小说《泯灭》中,将那条小街写成"脏街"。我也曾在我的小说《一个红卫兵的自白》中,写到"卢叔"这样一个不幸的人物。那是一部真实与虚构相交织的小说。这样的小说,按普遍经验而言,其中具有了虚构成分的人物本是不该写出真实之姓的。然而,我却据真所写了——当年的我,哪里有什么写作经验呢?

真实的卢叔,亦即《一个红卫兵的自白》中的"卢叔"的原型,可以说是一个美男子。我家成为卢家的近邻那一年,卢叔三十六七岁。当年我还没看过一部法国电影,现在自然是看过多部了。那么现在我要说——当年的卢叔,像极了法国电影明星阿兰·德龙。

卢叔参加过抗美援朝,这是真实的。

卢叔复员后曾在铁路局任科级干部也是真实的。

不久,卢叔被开除了公职,没有了收入,成了一个靠收废品维持生计的人,这也是真实的。如今看来,那肯定是一桩受人诬陷的冤假错案。年轻的科长,有抗美援朝之资本,还居然有张欧化的脸,是美男子,肯定有飘飘然的时候。那么,被嫉妒也就不足为怪了。

卢婶当年似乎大卢叔两岁,这是我当年从大人们和他们夫妻俩开的玩笑中得知的。她年轻时肯定也是个窈窕好看的女子，身材比卢叔还略高。我们两家成邻居那一年，她已发胖，却依然有风韵。但，那显然是种根本不被她自己珍惜的风韵。底层的，丈夫有工作的人家，日子尚且都过得拮据，何况她的丈夫是个体收废品的。想来，她又哪里有心思重视自己的风韵呢？

好在卢婶是个极达观的女子、妻子和母亲。她一向乐盈盈地过他们一家的穷日子，仿佛穷根本就不是件值得多么发愁的事。用今天的说法，全院的大人当年都觉得她的幸福指数最高。那一种幸福感，是当年的我根本无法理解的。

现在的我，当然已能完全理解——与卢叔那样一个美男子成为夫妻，在底层的物质生活极其匮乏的年代，在对物质生活的憧憬若有若无的她那一类女人心里，大约等于实现了第一愿望吧？何况，卢叔是个有生活情趣的男人，还是个懂得心疼自己妻子的丈夫，同院的大人们常拿这样一句话调侃他——"这是留给你妈的，谁偷吃我打谁！"而所留好吃的，往往是难得一见的一点儿肉类食品罢了。

玉龙是卢家长子。他的姐姐叫玉梅，弟弟叫玉荣。玉荣之下，还有两个妹妹。他最小的妹妹，是我们两家成为近邻之后出生的。有一点是过来人对从前年代有时难免怀旧一下的理由，那就是比之于如今的孩子们，从前的孩子们真的格外有礼貌。这不仅体现于他们对于大人的称呼，更体现于他们对于邻家子女的称呼。即使年长半岁，甚或一两个月，他们也惯于在名字后边加上"哥"或"姐"的。我家兄弟四个依次都比卢家的子女年长，故依次被卢家的孩子叫作"大哥""二哥""三哥""四哥"。我的哥哥精神失常以后，卢家的孩子照样见着了就叫"大哥"的。卢家的子女都很老实，从不惹是生非。我只记得玉龙与另一条街上的孩子打过一次架，原因是"他们当街耍笑我大哥"！

卢家孩子称呼我家兄弟四人，"哥"前既不加"梁家"，也不带出名字。玉龙和玉荣兄弟两个，从小又是极善良、极有正义感的孩子。我从未听卢叔或卢婶教育过他们应该怎样做人。进言之，他们在这方面是缺乏教育的。我想，他们的善良与正义，几乎只能以"天性"来解释。当年，我每天起码要听到十几次出自卢家孩子之口的"二哥"。卢家五个孩子啊，往往一出家门就碰到了一个，听到了一句啊！

如今想来，当年的我，每天听到那么多句"二哥"，对我是一件重要之事。那使我本能地远避羞耻的行为。被邻家的孩子特亲近地叫"二哥"，这与被自己的亲弟弟亲妹妹所叫是很不同的。被邻家的孩子特亲近地叫"二哥"，使当年的我不可能不在乎配不配的问题。

大约是一九八四年或一九八五年春节前，我第二次从北京回哈尔滨探家。

我已是年轻的一夜成名的作家，到家的当天晚上，便迫不及待地挨家看望是邻居的叔叔婶婶们，自然先从卢叔家开始。

而卢家人正吃晚饭，除了卢婶，我见到了卢家全家人。卢叔瘦多了，我问他是不是病过，他说确实大病了一场。玉龙的姐姐玉梅、弟弟玉荣，还有玉龙的大妹妹，全都从兵团、农场返城了，全都还没有正式工作。除了卢叔，卢家儿女们，皆以崇拜的目光看我，使我颇不自在。我六十多岁的老父亲，虽已劳累了一辈子，从四川退休回到哈尔滨后，为了使家里的生活过得宽裕点，在一个建筑队继续上班。经我父亲介绍，玉龙也在那个建筑队上班。

我问玉荣为什么不也像他哥哥一样找份临时的工作。玉荣被问得有些难为情，玉龙则替弟弟说，弟弟是兵团知青时患了肺结核，从此干不了体力活了。而要找到一份不累的工作，像玉荣那么一个毫无家庭背景的返城知青，等于异想天开。

气氛一时就很愁闷。

我心愀然。事实上，连我返城的三弟，当时也只能托我那当了一辈子建筑工人的老父亲的"福"，也与我父亲在同一个建筑队干活。

我又问："卢婶怎么不在家？"

卢叔反问我："你家没谁告诉你？"

我闻言困惑。

而玉龙忧伤地说："二哥，我妈秋天里病故了。"

玉龙实际上只有小学文化，从他口中说出"病故"二字而非"死"字，使我感觉到了他心口那一种疼的深重——不知他要对自己进行多少次提醒,才能从头脑中将"死"字抠出去,并且铆入他不习惯说的"病故"二字,吸收足了他对他母亲的怀念之情。

我的心口也不禁疼了一下。那样一家,没有了卢婶,好比一棵树在不该落叶的季节,掉光了它的叶子。

我又没话找话地说了几句什么,逃脱似的起身告退。

"二哥……"我已站在门口时,玉龙叫了我一声。

我扭回头,见卢家人全都望着我。

卢叔凄笑着说:"大老远的,你还想着给叔带几盒好烟回来,叔多谢了。"

我说:"院里每位叔都有的。"

卢叔说:"那你给我的也肯定比给他们的多。"

而玉龙说:"二哥,我们全家都祝贺你是名人了。"

我又不知说什么好。

卢家的儿女们,一个个虔诚地点头。

因为我哥哥几天前又犯病了,我的家也笼罩在愁云忧雾之中,家人竟都没顾得上告诉我卢婶病故了……

第二年春季,父亲到北京来看孙子。

父亲告诉我,卢叔也病故了。

父亲夸玉龙是个好儿子,为了给卢叔治病,将他家在后院盖的一间小砖房卖了。

父亲惋惜地说:"因为急,卖得也太便宜了,少卖了五六百元。如果不卖,等到动迁的时候,玉龙和玉荣兄弟俩就会都有房子结婚了。"

父亲最后说:"但玉龙是为了使你卢叔走前能用上些好药,少受些罪。他做得对,所以全院都夸他是个好儿子。"

夏季,玉龙忽一日成为我在"北影"的家的不速之客——将近一米八的个子,一身崭新的铁路制服,一表人才。

他说他父亲当年的"问题"得到了纠正,所以他才能有幸成为一名铁路员工。

我问他具体的工作是什么。他说在货场管仓库,说得很满意。

他反问我:"二哥,我文化也太低呀!所以应该很满意啊,对不对?"

我和我的父亲连说:"对、对。"

我和父亲特为他高兴。

他怕误了返回哈市的列车,连午饭也不一块吃,说走就走。

我和父亲将他送出"北影"大门外。

他说:"真想和大爷和二哥合一张影。"可临时哪儿去借照相机啊!当年连我这种人还没见过手机呢!

父亲保证地说:"下次吧!下次你来之前怎么也得先通个气儿,好让你二哥预先借台照相机预备着。"

玉龙说:"大爷,我爸妈都不在了,有时我觉得活得好孤单,我以后可不可以把您当成老父亲啊?"

父亲连说:"怎么不可以!怎么不可以!"

玉龙看着我又说:"那二哥,以后你就好比是我的亲二哥了吧。"

我说:"玉龙,我们的关系不是早就那样了吗?"

望着玉龙走远的背影,父亲喃喃自语:"好孩子啊!也算熬到了出头之日了,他弟弟妹妹们有指望了……"

两年后,我有了正式工作不久的三弟"下岗"了。

那一年的冬季玉龙又出现在我面前,穿一件旧而且破了两处、露出棉花的蓝布面大衣,看去像个到北京上访的人。他很疲惫的样子,不再一表人才。我讶异于他为什么穿那么一件大衣,以为大衣里边肯定还穿着铁路员工的蓝制服。但他脱下大衣后,上身穿的却是一件洗褪了色的紫色秋衣,显然又该洗澡了。

玉龙说:"二哥,我下岗了。"

我一时陷于无语之境。

他买了我写的十几本书,说是希望通过送书的方式结识什么人,帮自己找到份能多挣几十元钱的活儿干,说再苦再累他都干,只要能多挣几十元钱。

我一边签自己的名,一边问他弟弟妹妹们的情况如何。

他说,他弟玉荣的病还是时好时犯,好时就找临时的工作,一向只能找到又累又挣钱少的活儿,干到再次病倒了算。他姐有小孩了,也"下岗"了。他两个妹妹同样没有正式工作。

我听着,机械地写着自己的名字,不忍抬头看他,宁愿一直写下去。

书中有一本是《一个红卫兵的自白》。

我正要签上名，玉龙小声说："二哥，这本不签了吧。"

我头也不抬地问："为什么？"

他说："你就听你弟的吧。"

我固执地说："这一本书我写得不那么差。"

他沉默片刻，以更小的声音说："二哥，不瞒你，有看了这一本书的人，撺掇我告你。"

我这才想到，在《一个红卫兵的自白》中，我写到的一个人物用了卢叔的真姓，但却加在了书中那个"卢叔"身上一些虚构的成分，还是那种有理由使卢家人提出抗议的虚构成分。我终于放下笔，缓缓抬起头，以内疚极了也怜悯极了的目光看定他说："玉龙，你起诉二哥吧。你有权利也有理由起诉我，那样你会获得一笔名誉补偿金，而那也正是二哥愿意的。"

我说的是真诚的话。

事实上每次见到玉龙，我必问他缺不缺钱。而他总是说不缺，说真到了缺的时候，肯定会向我开口的。然而，我觉得他肯定永远不会主动向我开口的。据我所知，卢叔卢婶在世时，生活最困难的卢家，不曾向院里的任何一户邻居开口借过钱。在这一点上，卢家儿女有着他们父母的基因。

听了我的话，玉龙的脸顿时红到了脖子，当面受了侮辱般地说："二哥，你这不是骂我吗？哪儿有弟弟告哥哥的呢？我那么做我还是人啊！"

我说:"兄弟互相告,姐妹互相告,甚至父母和子女互相告,这类事全国到处发生。你放心,二哥保证,绝不生你的气。"

他说:"那我自己也会一辈子生自己的气。我姐我弟我妹他们也会生我的气!二哥你要是不欢迎我了,我立刻就走好啦!"

我只得笑着说:"那再版时,二哥一定作一番认真修改。"

后来,玉龙又出现在我家时,我送给他一本签了我的名也写上了他名字的《一个红卫兵的自白》,告诉他,是一本修改过的书。

他又红了脸,笑道:"二哥你看你,还认真了,这你让我多不好意思!"

该脸红、该不好意思的是我,却反倒成了他。我情不自禁地拥抱了他一下。

他提着拎着的,带来了两大旅行兜五六十本书。他累得不断地出汗,说经人介绍,帮一位是东北老乡的生意人在北京跑批发,联系业务得自己出钱送礼,而送我的签名书,对他是花钱不多却又比较送得出手的礼物。

我不许他以后再买我的书,要求他提前告诉我,我会为他备好签名书,他来取就是。他说:"那不行。这已经够麻烦二哥的了,怎么能还让二哥送给我书呢!何况我每次需要的又多,二哥写一本书很辛苦,绝对不行!"

到现在为止,他一次也没向我要过书。

后来,我的人生中发生了两件毫无思想准备的伤心事,先是父亲去世了,几年后母亲又去世了——这两件事对我的打击极沉重。

再后来,我将哥哥接到北京,也将玉荣请到北京帮我照顾哥哥,同时算我这个"二哥"替玉龙暂时解决了一件操心事,等于给他的弟弟安排了一份力所能及的"工作"。

但玉荣在回哈尔滨看望哥哥姐姐妹妹的日子里,不幸身亡。而我四弟的妻子不久患了尿毒症,一家人的生活顿时乱了套。

那一个时期,在我的头脑之中玉龙这个弟弟不存在了似的。两年后,等我将我这个哥哥的种种责任又落实有序了,才关心起久已没出现在我面前的玉龙来。

那是北京寒冷的冬季。我给四弟寄回了两万元钱,嘱他必须尽早联系上玉龙,不管玉龙需不需要,必须让玉龙收下那两万元钱。

不久,四弟回我电话说,交代给他的任务他完成了。

春季里的一天,下午我从外开罢一次会回到家里,见玉龙坐在我家门旁的台阶上,双眼有些肿胀,上唇起了一排火泡——他一副心力交瘁的样子,却没带书,只背一只绿书包。

进屋后,他刚一坐下,我便问他遭遇什么难事了。

他说他最小的妹妹也大病一场,险些抢救不回生命来。

我问他为什么不告诉我。

他说:"我知道四嫂那时候也生命危险啊,我什么忙都帮不上,怎么还能告诉二哥我自己着急上火的事呢?"

"二哥,你的心意我领了,但这两万元钱我不能收。二哥的负担也很重,我怎么能收呢?"他从书包里掏出了两万元钱,放在我面前。他说等了我将近三个小时,他这次来我家就是为了送钱。两万元钱带在身上他怕丢,所以一直耐心地等我回来。

我生气了,与他撕撕扯扯地,终于又将两万元钱塞入了他的书包。

这时响起了敲门声,我开了门见是某出版社的编辑,我忘了人家约见的事了。

玉龙起身说他去洗把脸。

他洗罢脸就告辞了。

编辑同志问他是我什么人。

我如实说是老邻居家的一个弟弟,关系很亲。

编辑同志说他见过玉龙。

我心中暗惊一下,猜测或许是给对方留下了某种不良印象的"见过"。

编辑同志却说,前几天她出差从外地回到北京,目睹了这么一种情形——有一精神不正常的中年女子,赤裸着上身在广场上边走边喊,人们皆视而不见,忽有一男人上前,脱下自己的大衣,替那疯女子穿上了。

我说:"你认错人了吧?"

她说:"不会的。当时我也正想脱下上衣那么做,但他已那么做了。我站在旁边,看着一个非亲非故的男人为一个疯女人一颗一颗扣上大衣扣子,心里很受感动。他给我留下的印象极深,所以不会认错人。"

编辑走后,我见里屋的床上有玉龙留下的两万元钱。

那一年,玉龙出现在我面前的次数多了,隔两三个月我就会见到他一次。虽然用手机的人已经不少了,但他还没有手机,我也没有。他或者在前一天晚上往我家里打电话,那么第二天我就会在家里等他;或者贸然地就来了,每撞锁,便坐在我家门旁台阶上等,有时等很久。

"二哥,你瘦了。"

"二哥,你显老了。"

"二哥,你脸色不好。"

"二哥,你可得注意身体。"

以上是他一见到我常说的话,也是我一见到他想说的话。每次都是他抢先说了,我想说的话也就咽回去不说了。

那一年,我身体很差,确如他说的那样。

那一年,他的身体看去也很差,白发明显地多了,脸还似乎有点浮肿。

我暗暗心疼他,正如他发乎真情地心疼我。

他带来的书也多了。书是沉东西!

——想想吧,一个人带五六十本书,不打的,没车送,乘公交,转地铁,是一件多累的事啊!以至于我往往想给他几本我新出的书，由于心疼他，犹犹豫豫地最终也就作罢了。

他来的次数多，我于是猜到他换挣钱的地方也换得频了。

赠某某局长、处长、主任、经理……我按名单签着诸如此类的上款，而他常提醒我不要写"副"字，"赠"字前边加上"敬"字。我根本不认识那些人，他显然也一个都不认识。他只不过是在落实他"老板"交给的任务。

有次签罢书，他起身急着要走。

我说："别急着走，坐下陪二哥说会儿话。"

他立刻顺从地坐下了。

我为他换了茶水，以闲聊似的口吻说："怎么，不愿让二哥多知道一些你的情况吗？"

他说："我有啥情况值得非让你知道的呢？"

我说："比如，做了什么好事、坏事……"

他立刻严肃地说："二哥，我绝没做过什么坏事。如果做了，我还有脸来见你吗？"

我说："二哥的意思表达不当，我指的是好事。"

他的表情放松了，不无自卑地说："你弟这种小民，哪儿有机会做好事啊！"

我就将编辑朋友在火车站见到的事说了一遍，问那个好人是不是他。他侧转脸，低声说："因为大哥也是得的精神病，我不是从小就同情精神病人嘛，那事儿更不值得说了。"

我一时语塞，良久，才说："玉龙，我是这么想的——二哥帮你在哈尔滨租个小门面，你做点儿小本生意，别再到北京四处打工了吧，太辛苦啦！"

他低下头去，也沉默良久才又说："二哥，那不行啊。在咱们哈尔滨，租一个最便宜的而且保证能赚到钱的门面，起码一年五六万元，还得先付一年的租金。二哥你负担也重，我不能花你的钱。再说，我也没有生意头脑，一旦血本无归，将二哥帮我的钱亏光了，那我半辈子添了块心病了。我打工还行，力气就是成本。趁现在还有这种不是钱的成本，挣多少是多少吧！二哥你家让你操心的事就够多的了，别为我操心了吧……"

我又语塞，沉默了良久才问出一句废话："打工不容易是吧？"

玉龙忽地就低声哭了。

我竟乱了方寸，一时不知该怎么劝他。

他边哭边说："二哥，有些人太贪了，太黑了，太霸道了，太欺负人了……只要有点儿权有点儿钱，就不将心比心地考虑考虑我这种人的感受了……"

我已经记不清我是怎么将他送出门的了。

我独坐家里，大口大口地深吸着烟，集中精力回忆玉龙说过的话。

我能回忆起来的是如下一些话：

"二哥，我受欺负的时候，被欺负急了就说，别以为我好欺负，我是不跟你一般见识！我二哥是作家梁晓声！多数时刻不起作用，但也有少数起作用的时候。二哥，你是玉龙的精神支柱啊！别说三哥四哥秀兰姐家的生活没有了你的帮助不行，我玉龙在精神上没有你这个支柱也撑不下去啊……

"二哥，我希望雇我的人多少看得起我点，有时忍不住就会说出我有一个是作家的二哥。他们听了，就要求我找你，帮他们疏通这种关系、那种关系。我知道你也没那么大神通，只能实话实说。结果他们就会认为我不识抬举，恼羞成怒让我滚蛋……

"二哥，有时我真希望你不是作家，是个在北京有实权的大官，也不必太大，局一级就行，那我在人前提起你来，底气也足多了……

"二哥，有时候我真想自己能变成一条龙，把咱们中国的贪官、黑官、腐败的官全都一口一个吞吃了！但是对老百姓却是一条好龙，逢旱降雨，逢涝驱云。而且，一片鳞一块玉，专给那些穷苦人家，给多少生多少，鳞不光，给不完……"

那一天，我吸了太多的烟，以至于放学回来的儿子，在门外站了半天才进屋。

那次见面后的一个晚上，玉龙给我打来一次电话。

他说："二哥，我真有事求你了。"

我说："讲。"仿佛我真的已不是作家，而是权力极大的官了。

玉龙说的事是——东北农场要加盖一批粮库，希望我能给农场领导写封信，使他所在的工程队承包盖几个粮库。

我想这样的事我的信也许能起点儿担保作用，爽快地答应了。

我用特快专递寄出了一封长信,信中很动感情地写了我家与卢家非同一般的近邻关系,以及我与玉龙的感情深度,我对他人品的了解、信任。我保存了邮寄单,再见到玉龙时郑重其事地给他看——为了证明我的信真寄了。

玉龙顿时高兴得像个小孩子,也将我像搂抱小孩子似的搂抱住,连连说:"哎呀二哥,你亲口答应的事我还会心里不落实吗?还让我看邮寄单,你叫我多不好意思呀二哥……"

但那封信如泥牛入海,杳无回音。

而那一次,是我那一年最后一次见到玉龙。

他并没来我家找我问过,也没在打电话时问过。

我想,他是怕我在他面前觉得没面子。大概,也由于觉得我是为他才失了面子的,没勇气面对我了。

之后两年多,我没再见到过玉龙。

今年五月的一天,我应邀参加一次活动,接我的车竟是一辆车体宽大的奔驰。行至豁口,遇红灯。车停后,我发现从一条小胡同里走出了玉龙。他缓慢地走着,分明地,有点儿驼背了。剃成平头的头发,白多黑少了。穿一件褪了色的蓝上衣,这儿那儿附着黄色的粉末;脚上的旧的平底布鞋也几乎变成黄色的了。

他一脸茫然,目光惘滞,显然满腹心事。他走到斑马线前,想要过马路的样子,可却呆望着绿灯,似乎还没拿定主意究竟要不要过。

他就那么一脸茫然，目光惘滞地站在斑马线前，呆望着马路这一端的绿灯，像在呆望着红灯。

我想叫他。可是如果要使他听到我的声音，我必须要求司机降下车窗；必须将上身俯向司机那边的窗口；还必须喊。因为，奔驰车停在马路这一边，不大声喊他是听不到的。

我话到嘴边，却终究没要求司机降下车窗。

然而，玉龙到底是踏上了斑马线。

当他从车头前缓慢地走过时，坐在车内的我不由得低下了头。我怕他一转脸看到了我。那一时刻，某些与感情不相干的杂七杂八的想法在我头脑中产生了。那一时刻，我最不愿他看到他的"精神支柱"。被人当成"精神支柱"而实际上又不能在精神上给予人哪怕一点点支撑力的人，实际上也挺可怜的。

那一刻，我对自己鄙薄极了。

玉龙终于踏上了马路这一边的人行道，站在离奔驰四五步远处；似乎，还没想清楚应去往何方，去干什么。

我停止胡思乱想，立即降下车窗叫了他一声。

然而，红灯变绿灯了。

奔驰开走了。

玉龙似乎听到了我的叫声——他左顾右盼。左顾右盼的他，瞬间从我眼前消失……

几天后，传达室的朱师傅通知我："那个叫你二哥的姓卢的人，在传达室给你留下了一个纸箱子。"

纸箱子很沉。我想，必定又是书。

我将纸箱子扛回家，拆开一看——不仅有二三十本我的书，还有两大瓶蜂蜜。

一张纸上写着这样一行字："二哥，蜜是我从林区给你买的，野生的，肯定没受污染，也没有加什么添加剂。"

下边，是密密麻麻的一片需要我写在书上的名字。

所有的书我早已签写过了，然而现在都是两个多月以后了，玉龙却没来取走。他也没打过我的手机，没给我发过短信。他是有我的手机号的。

以前，他也有过将书留在传达室，过些日子再来取的时候。但隔了两个多月还不来取，这是头一次。

我也有他的手机号。

我拨过几次，每次的结果都是——该手机已停用。

他在哪里？在干什么？难道忘了书的事了吗？

不由得不安了。

后来，我就做了那场玉龙他变成了一条龙的梦。

我与四弟通了一次电话，"指示"他必须替我联系上玉龙。

四弟第二天就回电话了，说他到玉龙家去过，而玉龙家动迁后获得的小小两居室又卖了，已成了别人的家。四弟也只有玉龙的一个手机号，就是那个已停用的手机号。看来，我只有等了。不是等他来将我签了名的书取走，那一点儿都不重要了。

我盼望他再一次出现在我面前，使我知道他平安无事。

有些人的生活，做梦似的变好着。好得以至于使我们一般人觉得，作为人，而不是神，生活其实完全没必要好到那么一种程度。即使真有神，大多数的神们的生活，想来也并不是多么奢华的。

有些人挣钱，姑且就说是挣钱吧，几百万几千万几亿的，几通电话，几次密晤，轻轻松松地就挣到了。这里说的还不是贪污，受贿，是"挣"。

而有些人的生活，像垃圾片似的，要出现一个小小的好的情节，那几乎就非从头改写不可。而他们的草根之命是注定了的，靠他们自己来改写，除非重投一次胎，生到前一种人的家中去，否则，"难于上青天"。

而有些人挣钱，仍会使人联想到旧社会——受尽了屈辱、剥削和压迫。

最不幸的姑且不论，中国又该有多少玉龙，其实艰难地生活在无望与渺茫的希望之间呢？

而卢家的这一个玉龙，他有许多种借口坑、蒙、拐、骗，却在人品上竭尽全力地活得干干净净——我认为他的基因比某些达官贵人高贵得多！

我祈祷中国的人间，善待他这一个野草根阶层的精神贵族。

凡欺辱他者，我咒他们八辈祖宗！

玉龙，玉龙，快来找我……

野草根祭

"二……二……二小……走……了……"

电话里,从哈尔滨那端,传来二小的哥哥大小口吃的声音。很轻,但清楚,似乎就在我家楼外给我打电话。

那是春节长假结束不久的一天。夜里我被颈椎病折磨得翻来覆去,天亮后头晕沉沉的。十点多钟,又平躺在硬板床上。电话铃响了几下,我懒得接,它也就不再吵我。不料我将要睡去,又响了……

头还在晕。

我微闭着双眼问:"走了?哪去了?……"

北方民间有句俗话是:"破车子,好揽载。"

指的便是我这一种人。

我常想,自己真的仿佛一辆破车子,明明载不了世上许多愁，许多忧，些个有愁的人，有忧的人，却偏将他们的愁和他们的忧，一桩桩一件件放在我这辆破车子上，巴望我替他们化之解之。

而我，只不过是个写小说的，哪里能改善"草根族"们的生存难题呢？

但我又清楚，除了我，他们也没谁可求了。

我同时清楚，他们开口求我之前，内心里其实是惴惴不安的。他们也明白我其实并没多大的能力。他们往往是在山穷水尽的情况下，向我发出最后的求援吁呼。好比溺水之人，向岸上的人们伸最后一次手。而我，乃是岸上的人们中，和他们有种种撕扯不开的故旧关系的一个。倘我不相应地也伸出手去，他们就会放弃挣扎。我伸出我的手，他们便会再扑腾一会儿。我虽多次伸出过自己的手，却没有一次真正握住过他们谁的手，一下子将谁从生存的灭顶之灾拉上岸过。他们的命况出了转机，主要还是靠自己的不甘沉没救了自己。

"别急，让我们一块儿来想想办法！"

"天无绝人之路，我尽力而为！"

这是我每说的话。

而就意味着我做了承诺。于是便揽了一件难事。于是自己便有了种烦和忧。于是，也便似乎有责任和义务。

我第一次听到"草根族"这一种说法，是十几年前的事。一位从国外进修电影回来的朋友说的。他对我的一篇小说产生兴趣，改编成了电影剧本，并且决心一试牛耳，亲自执导。

那剧本就起了个名是《野草根》。

我问:"为什么起这么一个名字?"

他说:"你小说写的是底层民生形态啊。"

我说:"那就叫《底层》不好么?"

他认为太直白了,没意味。

我说:"高尔基曾写过一部话剧剧本,便是以《底层》这一剧名公演的。"

他说:"国外目前将底层民众叫草根族,你的小说反映的是底层的底层的民生,自然生活于社会关怀半径以外的群体,所以该叫《野草根》,我挺欣赏我起的名字的,你依我吧!"

我见他那么坚持,依了他。

但他没拍成,剧本审查时被"枪毙"了。在我预料之中,在他预料之外。

后来,中国对于底层的底层之民众,有了比较人情味的一种说法,叫"弱势群体"。这说法中包含着关注与体恤的意思。然而依我的眼看来,中国之"弱势群体",或曰"野草根"族,似乎不是在减少着,而是在增多着。有时,则减与增的现象并存,这一行业在减着,那一行业在增着,此地减,彼地增。而谁一旦被列入增数里,谁的命况也就比底层更低了一层。谁也就由"草根族"而"野草根"了……

二小是"野草根"二十余年了。死前无栖身之所,自然也就没家,还往往没工作。其实只有小学文化的二小,除了摆摊,要在当今职业竞争严酷的社会找到一份能相对干得长久的工作,几乎是不可能的。

我的父母去世以后,我将我的哥哥从哈尔滨的一所精神病院接到北京。我不想哥哥在精神病院度过一生,所以在西三旗买了房子,决心给哥哥一个属于他自己的家。我在那样打算时,心中便想到了二小。我的哥哥是由我的四弟和二小护送至北京的。

我当时对二小说:"这儿既是大哥的家,也是你的家。你和大哥,以后相依为命吧!我把大哥托付给你照顾最放心。"

三室一厅敞敞亮亮的房子,一切家具皆新。电视机、影碟机、冰箱、洗衣机,应有尽有。还有电子琴,还有空调,还有摆满了书的书橱,还有文房四宝,还有象棋、围棋和扑克……

我的哥哥和二小喜出望外,高兴得合不拢嘴。

我给二小每月的工资是七百元。

生活费由我来负担。哥哥吸烟很凶,二小也是烟民,且有那么点儿酒瘾。

我说:"二小,这都没关系的。只要适量,不危害身体。烟酒你千万不要花自己的钱买,二哥会经常给你们送来,断不了你们的就是。你的工资基本不必动,存着,一年就是八千多。几年后,二哥再支援你一笔钱,你也算有点儿小小的本钱可以去扑奔你的人生了!"

二小诺诺连声。

从此我觉少了两桩心事：一份是牵挂于我的哥哥；一份是牵挂于二小。两份心事，都曾使我彻夜难眠过。

二小把我的哥哥照顾得很好。凭良心讲，比我这个当亲弟弟的做得还好。我对二小的感激也常溢于言表。那小区有人曾私下向我告二小的状，说哪天哪天，二小将我的哥哥锁在家，自己去小饭店里喝酒；哪天哪天，二小才从外边回小区。言下之意，是二小不定往什么不干净的地方鬼混去了。

而我总是笑笑。

终日与我的哥哥相厮守，我理解二小那一份大寂寞。尽管我常去陪他们住。

我便每每提醒二小：北京和别的城市一样，也有进行非法勾当和肮脏交易的场所，也有专布泥潭设陷阱诱别人入彀的阴险邪狞之徒，要善于识别，避免沾染其污其秽。

二小便也每对天发誓般地回答："二哥，我能做让你失望的事么？"

二小确实没做过那样的事。起码在北京是没做过。起码，没使我起过疑心。

有人又背地里向我告他的状，说他剪一次发花了八十多元。

我便问他："二小，你的头发，是花八十多元剪的么？"

二小说："是啊，二哥。"

我又问："头发不过就是一个人的头发。咱们男人，花那么多钱剪一次发干什么呢？"

45

二小说:"二哥,我才四十多岁,头发就快白一半了。不染,我自己照镜子的时候都觉得伤心。用好点儿的染发剂,就那个价。"

我想了想,掏出一百元钱给二小。

我说:"二哥是舍不得你花自己的钱。你以后剪发的钱,二哥补贴给你就是了。"

二小哪里肯接呢!

我逼他收下,并说:"就这么定了。"

半年后,二小带我的哥哥回了一次哈尔滨,我给他带上了两千元钱。十天后,二小和我的哥哥回北京,两千元全花光了。

我的弟弟妹妹因而对我有看法,抱怨二小花钱太大手大脚了。

我说:"我们的哥哥三十余年在精神病院,几乎没快乐过。二小二十余年人生无着落,受了不少苦。哥哥是我们的手足,二小是老邻居的孩子,我和你们都因有家庭有工作而不能全身心照顾哥哥,二小替我们照顾着了。我认为他照顾得很好,我们应该永远感激二小。平均下来,他和大哥,也不过每人每天才花一百多元。不算多。不能以平常过生活的标准要求他们这一次的花费。"

二小回到北京,内疚地对我说:"二哥,我花钱花得太冒了,连车票都是借钱买的,你扣我一月工资吧!"

我说:"别胡思乱想。车票钱,二哥还。但你以后应该明白，二哥虽有些稿费收入，却来之不易啊！何况我也不是为了稿费才写作。总之我认为，节俭是美德。你不是靠技能挣钱的人，花钱大手大脚，会给别人不好的印象。"

二小脸红了。

我若批评二小，一向点到为止。

二小对我的话，也从不当耳旁风，一向铭记于心。

这使我欣慰。

一年多以后，二小有日忽然对我说："二哥，你救人就救到底吧？"

我不禁一怔。

二小紧接着说："二哥，给我找个老婆，替我成个家吧！"

我沉吟起来。

"二哥，求求你了！我都四十多岁了，还不知道女人的滋味啊！我有时喝酒，那是借酒浇愁呀！"

我心一阵难过。

我说："那你们住哪儿呢？"

二小说："这不三个房间么？我们两口子一间卧室；大哥一间；空一间你来时住，我们永不侵占。"

我说："二小，像你目前这种情况，哪个能自食其力的女人肯嫁给你呢？如果你们以后有了孩子，如果以后你们一家三口再陷入生活的困境，我除了赡养大哥，除了周济弟弟妹妹，再负担起对你们一家三口的责任来，二哥还有一天安心的日子过么？别忘了，二哥也五十多了。你断不可以有一生依赖于我的念头！二哥请你来照料大哥，不过是权宜之计。对你是，对大哥也是。大哥今后还是要由我来陪过一生的。而你，要在五年内攒下笔钱，也要养好身体。五年后，你才四十七八，身体健康，到时二哥再帮你一笔钱。那时，你考虑成家才现实啊！……"

二小于是默然，也有几分怅怅然怏怏然。

……

我这辆"破车子"，已越来越感超载的滞重，实在不敢再让二小拖家带口地坐在我这辆"破车子"上了。那么一种情形，我连想一想都慌恐。

那一年的春节刚过，大小突然来到北京，预先也没打个招呼。

两天后，我被大小找去，说有急事。

见了面，兄弟俩坐我对面，大小给了我一张诊断，郁郁地说："二哥你看咋办？"

那诊断上写着——二小的肺结核又复发了，且正有传染性。

大小将二小接回了哈尔滨。

我给他们带上了一万元钱。

几天后，我说服哥哥，住进了朝阳区的一家精神病托管医院。

半个月后，惦着二小，又托人捎回了五千元钱。

一个月后，二小从哈市郊县的一所医院来电话，说住院费每天就得三百多元。

我明白他的意思，再次电汇五千元……

又住院了的哥哥，我每去看他，他总说："二小怎么还没从哈尔滨回来？写信告诉他，我想他了，让他快回北京来接我出院。"

我说："哥呀，二小的病还没养好啊！他怕传染你啊！"

哥哥说："我不怕。写信太慢了，打电话催他回来！我不怕传染上肺结核。"

我暗想，我的老哥哥呀，你不怕，我怕啊！你精神不好，再患上肺结核，连住院都没医院收了，我可该怎么办！

再后来好长时间没有了二小的音讯。

再再后来，听说他在这儿或那儿干点儿活。

别人曾替我分析，说二小兄弟俩的话未必可信。暗示我那也许是他们兄弟俩做的一个圈套，多骗我些钱去先花着……

我不信。

我始终觉得二小他本质上是我家老邻居的一个好孩子。始终认为他的心地是善良的。

我相信我的感觉。

即使他们真的骗了我，我也宁愿原谅他们。因为那肯定的是由于他们面临难言的困境。

终于有一天我接到了二小的电话，他说他找到了一份工作，挣钱很少。

我问："多少钱？"

他说:"才三百多元。"

我问:"累不累?"

他说:"倒不累,替人看一个摊子。"

我问:"住哪儿?"

他说:"还能住哪儿呢?又厚着脸皮住妹妹家了呗!"又说:"二哥,我想回北京,还照顾大哥。"

我说:"二小呀,大哥刚刚适应了医院,出出入入,一反一复的,对大哥的病情不好啊!"

电话那一端,二小沉默良久后,低声问:"二哥,你是不是不想管我了!"

这一问,也将我问得不禁沉默了片刻。

"二哥,你要不管我,我活着就没什么指望了。"

二小的声音,悲悲切切。

我反问:"二小,缺不缺钱?"

二小说:"二哥,我给你打电话不是要钱的意思。你寄来的钱,我还有两千多元没花。"

我说:"二小,听着。一名下岗工人的最高抚恤金,也不过三百多元。而且他们有子女,要供子女上学。你挣的确实少,但你毕竟已开始自食其力。这是你在社会上的起点。你应该坚持一个时期。如果你确实缺钱了,就打电话告诉二哥。但别一开口五万十万地要。那二哥给不起。二哥出一本内容全新的书,也不过才三万左右的稿费。但五千六千,二哥是舍得寄给你的。而且,依二哥算来,当可使你过上半年。

市郊租一间有家具的小房，不过二百元；一个人每月四百元生活费，也算可以了。所以，我再给你寄钱，半年内如果没有特殊情况，你就不应该再开口向我言钱。相当长一段时间内，二小你一定要学会节俭地活着。你照顾大哥的一年多，二哥曾给你开的工资，你是怎么都花掉的呢？……"

那一天，我在电话里批评了二小。

最后我说："我不愿你流落街头。但哪一天你真的陷入绝境，那也不要怕，有你二哥呢！"

二小在电话那端情绪乐观了。

他说："二哥，这我就放心地活着了。"

后来大小来电话麻烦我，我关心地问起二小，他说二小在烧锅炉，一个月挣四五百元了。

我说："那不是很累的活儿么？他是肺结核病人，怎么干得了呢？"

大小说："现在取暖都改烧油了，不烧煤了，不累。但是责任大，要留心看仪器……"

我心遂安。

……

又很久没有二小的消息了。

我想，他在社会上四处乞讨似的讨的只不过是一种能够生存下去的最低等的机会而已。最终恐怕还是觉得，陪伴一个老邻居家的患了三十余年精神病的大哥，依赖一个写小说的二哥提供住处和饭食，并每月给开七百元"工资"，对于他更是一种较好的活法。即使一辈子。即使我这位"二哥"曾明确告诉他，指望我给他娶个老婆成个家，是多么不现实的念头。

但我却不像他那么想。我一直很理性地认为，陪伴我的哥哥无论对于二小还是对于我的哥哥，都只能是一个时期内的事。当时二小瘦得可怜，身体状况看去比我的哥哥还差。倘我不做出那一种安排，他是活不了多久的。事实上他当时正是处于人生的绝境。

我希望他早有人生的另外一种出路，而我的哥哥的余生由我来负责。

我觉得他总算是找到了出路。

所以当大小在电话的那一端告诉我"二小走了"，我一时不能明白大小的话，以为二小不干那份烧锅炉的活儿，离开哈尔滨到外地谋另一种人生去了。

我竟有些生气，又说："那活儿不是不累么？不是工资也不算低么？不是还有住处么？他跟你商议了么？你也同意他走了么？……"

我接连问过之后，大小在电话那端沉默。

"你怎么不说话？"

我断定大小也是同意了的，直想在电话里冲大小发火。不料大小想快而快不了地回答："二……二小……死……死了……我……我们刚……刚把他……火化……"

我一时握着话筒呆住。头也突然不晕沉了。如同被医术很高的中医师，将一枚银针深深地捻入我足以使头脑清醒的穴位。它仿佛扎在我一根极敏感又脆弱的神经上了。而那一根神经每使我对生死之真相陷于宿命的悲观。

大小的声音，听来平静。似乎在通知我一件纠缠了他很久也使他很累很无奈而原本不过是"死马当作活马医"之事终于彻底结束了，一了百了。

"野草根"们的亲情，并不像我从前想象的那样反而更加温爱更加密切。事实上好比干旱来临时非洲原野上的野生动物，各顾各成了一种不二法则。

我低声问："怎么才告诉我？"

连自己都听出了只不过是自言自语。

大小反问："二哥，早两天告诉你，你能为二小回哈尔滨么？"

声音仍那么平静。

奇怪，这话，大小倒说得一点儿都不口吃了，仿佛是背了一百遍的一句台词。

我，只有缄默。

大小告诉我，二小是这么死的——端着他的一大瓶茶水，下什么跳板，一失足，从高处摔下，头撞磕于水泥台的尖角，在医院里躺了三天，头肿大得不成样子，三天后就死了。

死前，嘴里还念叨着："北京，大哥，二哥……"

我心一阵酸楚。

……

现在，二小已经死了两个多月了。

我去医院探视我的哥哥，他必问："给二小打电话了么？他什么时候来北京？不是让你告诉他我不怕传染上肺结核么？……"

我只有支吾搪塞而已。

野草根，野草根，野草根啊，人命一旦若此，那是如我这样的一个写小说的"二哥"，既陪伴不起，也实际上安慰不了的。

有时我放眼望我们这个有着十三亿之众的国家，"草根族"竟比比皆是起来；似乎，还在一茬一茬地增多着。

而我，由于来自他们，便从根上连着他们的根。斩不断，理还乱。优越于他们，却也只有徒自地优越于他们，并一再地辜负于他们。

我这辆"破车子"，怎载得了人世间许多困苦艰难？

也只有写下些劳什子文字，祭我和他们曾经同根的那一种破絮般的人生之缘，并安慰一下自己的无能为力……

怀念赵大爷

"赵大爷不在了……"妻下班一进家门,戚戚地说。

我不禁一怔:"调走了?还是不干了?"

"去世了……"

我愕然。顿时想到了宿舍区传达室门外贴的那张讣告——赵德喜同志因病医治无效,于四月十四日晚去世,终年六十岁。行文简短得不能再简短……那天,我看见了讣告。可我怎么也没想到赵德喜是赵大爷,此前我不知他的名字。当时我驻足讣告前,心想赵德喜是谁呢?我怎么不认识呢?我许久说不出话,一阵悲伤袭上心头。以后的几天里,我的心情总是好不起来……

赵大爷是我们儿童电影制片厂的勤杂工,也是长期临时工,一个一辈子没结过婚的单身汉,一个一辈子没有过家的人，只在农村有一个弟弟……

一九八八年底，我刚调到童影，接到女作家严亭亭的信，信中嘱我一定替她问赵大爷好。她在童影修改过剧本，赵大爷给她留下了非常善良的印象。

童影的人不分男女老少，都称他赵大爷。我自然也一向称他赵大爷。那时我的父亲还在世。有次我和他打招呼，他挺郑重地对我说："可不兴这么叫了，你老父亲比我大二十来岁，在老人家面前我算晚辈呢！"我说："那我该怎么称你啊？"他说："就叫我老赵吧！"我说："那你以后也不许叫我梁老师了。"他说："那我又该怎么称你啊？"我说："叫我小梁吧。"过后他仍称我"梁老师"，而我仍称他"赵大爷"。

儿子有次写作文，题目是《我最尊敬的一个人》。儿子问我："爸，谁值得我尊敬啊？"我说："怎么能没有值得你尊敬的人呢？你好好想！"儿子想了半天，终于说："赵大爷！"我问为什么。儿子说，赵大爷对工作最认真负责了，一年四季，每天早早起来，把咱们周围的环境打扫得干干净净。每年开春，赵大爷总给院里院外的月季花修枝、浇水。每年元旦、春节，人们晚上只管放鞭炮开心，而第二天一清早，赵大爷一个人默默地扫尽遍地纸屑。赵大爷总在为我们干活儿……

儿子那篇作文得了优。记得我曾想将儿子的作文给赵大爷看，为的是使他获得一份小小的愉悦，使他知道，一位像他那样默默地为大家尽职尽责服务的人，人们心里是会感激他的。起码，一个孩子在父亲的启发下，明白了他便是一个值得尊敬的人。可是后来我没有这么做，不是想法改变了，而是忘了。现在我好悔，赵大爷是该得到那样一份小小的愉悦的，在他生前。

赵大爷无疑是穷人中的一个。五年多以来，我从未见他穿过一件哪怕稍微新一点儿的衣服。我给过他一些衣服，棉的、单的、毛的，却不曾见他穿。想必是自己舍不得穿，捎回农村去了吧？他不但负责清除宿舍楼七个门洞的垃圾，还要负责清除厂里的垃圾。他干的活儿不少，并且是要天天干的。哪一天不干，宿舍区和厂区的环境都会大不一样。据我所知，他每月只拿一百五十元。在今天，每月只拿一百五十元，干他天天必干的那种脏活儿，而且干得认真负责、任劳任怨的人，恐怕是太难找了！

干完他应该干的活儿，他还经常帮人修自行车。他极愿帮助别人。据我所知，他大概是个完全没有文化的人。然而在我看来，他又是一个极其文明的人，一个极其文明的穷人。我从未见他跟谁吵过架，甚至从未见他和谁大声嚷嚷过。一些所谓有知识有文化的文明人，包括我这样的，心里稍不平衡，则国骂冲口而出。我却从未听到赵大爷口中吐出一个脏字。我完全相信，在别人高消费的比照下，穷是足以使人心灵晦暗的。然而在我看来，赵大爷的心灵是极其明澈的，似乎从没滋生过什么嫉仇或妒憎。他日复一日默默干他的活儿，月复一月挣他那一百五十元钱。从不窥测别人的生活，从不议论别人的日子。他从垃圾里捡出瓶子罐头盒，纸箱破鞋之类，积聚多了就卖，所得是他唯一的额外收入……

这使我养成了习惯，旧报废书，替他积聚。就在他去世前一天，我还想，又够卖点儿钱了，该拎给赵大爷了……

每逢年节，我都想着他，送包月饼，一盘饺子，一条鱼，一些水果……

赵大爷，我心里是很尊敬你的啊！你穷，可是你善；你没文化，可是你文明；你虽与任何名利无缘，可是你那么敬业，敬业于扫院子、清除垃圾那一份脏活儿……

你就那么默默地走了，使我觉得欠下了你许多……

好人赵大爷，穷人赵大爷，文明而善良的穷人赵大爷，干脏活儿而内心干净的赵大爷，穿破旧的衣服而受我及一家人敬爱的赵大爷，我们一家，和在传达室每日与你相处的老阿姨，将长久长久地缅怀你……

朱师傅一家

赵大爷死后,朱师傅来了。接替赵大爷,成为我们儿童电影制片厂宿舍楼的管理员。职责和赵大爷一样,负责环境卫生及安全。

朱师傅可能比我年龄小七八岁,安徽农民。自然,他住在赵大爷住过的小小门房里。门房约十平方米,隔为两间。外间是收发和传达,朱师傅住里间。小小门房一分为二,里间摆一张单人床和一张窄桌外,也就没什么余地了。

收发和传达另有人负责,地方也特别小,所以朱师傅的起居,客观上就限定在里间了。

别人都叫他朱师傅,或叫他老朱。他年龄明明比我小,我叫他老朱自觉不合适,故也随年轻人们叫他朱师傅。他则随年轻人们叫我"梁老师"。

有次我说："朱师傅，别叫我梁老师，叫我老梁。"

他愣了愣，却说："那哪儿成呢？那么多人都叫你梁老师，我怎么能叫你老梁呢？"

我说："那就叫我晓声。不是也有那么多人叫我晓声吗？"

他说："他们是你朋友啊！"

我说："那你也当我是朋友嘛。"

他说："行，梁老师，以后我就当你是朋友！"

直到现在，他仍叫我"梁老师"——虽然，我这方面觉得，他已经拿我当朋友了。看来"梁老师"他是叫定了，没法儿要求他改了。

和赵大爷一样，朱师傅也是极有责任心的人。我们宿舍楼周围的环境卫生一直挺好，人们都是比较满意的。这受益于朱师傅的责任心和勤劳。

记不得从哪一年起，朱师傅的女儿朱霞来了。朱霞已经是大姑娘了，二十一二岁了，但看去仍像少女。自幼患了小儿麻痹，一只手有些残疾。人们都很喜欢朱霞，我也喜欢她。她是个有礼貌又懂事的姑娘。人们也都很惋惜她的病，都希望她的病能在北京治好。

不久朱师傅的妻子和儿子也一道来了。他妻子是位质朴的农村妇女。她随朱师傅叫我"梁老师"，而我称她"嫂子"，这在辈分上是颠倒的。其实我应叫她"弟妹"。但我不习惯那么叫她。而她呢，既然我称她"嫂子"，她似乎也就只有姑妄听之了。

朱师傅的儿子比朱霞小两岁,叫朱凡。朱凡是个清秀且聪明的农村小青年,比少年大不点儿那类青年。

朱师傅常替人们修自行车。朱凡从旁看了几次,会修了。遇有谁家的自行车坏了,推到门房外,请朱师傅修,倘若朱师傅没时间亲自修,便将"任务"交代给朱凡,往往还要严肃地叮嘱:"要认真修啊,不许对付!"

我曾对朱师傅说:"朱师傅,别不好意思,要收钱。"

朱师傅笑着说:"那哪儿行呢?那成什么事儿了呢?"

我也曾对朱凡说:"你爸不好意思收钱,你有什么不好意思的?你要收!"

朱凡也和他父亲那么憨厚地笑,不吱声儿。

"朱霞,你收!"

朱霞也笑。

"嫂子,他们都不好意思,你出面收!在这一点上不必学雷锋,不必搞无偿服务!"

她同样憨厚地笑。

我也曾暗中对某些关系亲密者打招呼——"咱们都不要让人家朱师傅白修车啊!"

人们都说对。

其实街口就有修自行车的。但那修自行车的天一黑就收摊了。住在楼里的大人们或学生们,往往晚上了才想起自行车有毛病,怕影响第二天上班上学,于是只有求助于朱师傅。

而朱师傅从来有求必应。即使自己没空儿,也是先应下来,让儿子修。尤其冬季的晚上,不能把自行车搬屋里修,只能将电灯拉到外边,冻手冻脚地修……

这不给几元钱真是让人过意不去。

但据我所知,他们是从来不收钱的。非塞钱给他们,反而会搞得他们非常窘。

我妻子的自行车,我儿子的自行车,他们也不知贪黑给修过多少次了。

我们也只能送些东西,变相地表示感谢。

朱霞曾在北京住院治过病,厂里为此发起了募捐,或多或少,是一份心,总之几乎都捐了,捐的都很情愿。证明人们对朱师傅和他的一家都是很友善的。也证明朱师傅和他的一家,给人们的印象是非常良好的。

原本仅容得下一张床的传达室里间,四口之家是显然地、绝对地没法儿同住的。但这世上在一些人看来是显然的、绝对的事,在另外一些被逼到被推到那事前的人们看来,往往也就不那么显然、不那么绝对了。正所谓事是死的,人是活的;生存空间是小的,人生活的心气儿却可以大一些。朱师傅捡了一张破木床,修修,将两张木床摞起来了,成了双层的床。又捡了一块板,晚上临睡前将下床接出一条。就这样,显然而又绝对解决不了的困难,似乎也就得到了一定程度的解决。朱霞和母亲每晚睡下床,睡得多么挤是可想而知的。朱凡睡上床。而朱师傅自己,则每晚在厂里到处找地方借宿。

好在厂里有些供值班人员睡的床，一般情况下他借宿不会遭到拒绝。

现在，这一家四口的生活，主要靠朱师傅一人的微薄收入维持着。

但我从未见朱师傅愁眉苦脸过。

朱师傅另外还有没有收入呢？

有是有的——四处捡些废品卖。

他清除七个垃圾通道时，常将易拉罐儿、塑料瓶眼细地挑出来攒着。我也常见他推了满满一车废品送往什么地方的废品站。

我曾听有人说："嘿，又发了，也许卖不少钱呢！"

我不相信现而今谁靠捡废品卖会"发"。

倘真能，为什么我们城里人不也"发"一把呢？

一个易拉罐儿几分钱，一斤废报几角钱，这我也是知道的。一车废品卖不了多少钱的，明摆着的事儿。

朱师傅挣的是城里人，尤其是北京人显然地、绝对地不愿挣的钱，也是显然地、绝对地在靠诚实的劳动挣钱。

故我常将能卖钱的废品替朱师傅积攒了，亲自送给他。

有次我问："怎么最近没见朱凡啊？"

他笑了，欣慰地说："去学电脑了！"

这一位中年的、安徽农村来的农民父亲，就用自己卖废品所得的钱，供他的儿子去学最现代的谋职技能。

现在朱凡已经在某邮局谋到了一份临时的工作。尽管收入和他父亲的收入一样很低微，但毕竟，全家多了一份收入啊！

某日，朱师傅见了我，吞吞吐吐地问："你看，如果我想在车棚这一角用些胶板围一处我睡觉的地方，厂里会同意吗？"

我说："我不是早就建议你这样做了吗？只管照你的想法做吧，厂里我替你说。"

厂里的领导也很体恤他一家。

现在，朱师傅有了自己的栖身之处——就在门房的边上，一米多宽，两米多长，用胶板围的一个箱子似的"房间"。睡在里边，夏天的闷热，冬天的森冷，大约非一般城里人所能忍受。

现在，这一家人已在北京——确切地说，在我们童影的门房生活了七八年了。除了朱霞，朱师傅、"嫂子"和朱凡，都在为生活而挣钱。不管一份工作多么脏、多么累，收入多么低微，在北京人看来是多么不值得干、不屑于干，在他们看来，却都是难得的机遇……

在风天，在雨天，在寒冬里，在赤日下，我常见"嫂子"替朱师傅清理七个垃圾通道，替朱师傅打扫宿舍区和厂区的卫生。也像朱师傅一样，从垃圾里挑拣出可卖点儿钱的东西。她替朱师傅时，朱师傅则也许往废品站送废品去了，也许另有一份儿活，去挣另一份儿钱了。

"嫂子"推垃圾车的步态，腾腾有力，显示出一种"小车不倒只管推"的样子。

这一家的每一个成员，似乎总是那么乐观，似乎总是生活得那么亲情融融。

有时我不免奇怪地想——他们的乐观源于什么呢？

当然，我知道，他们一家人要通过共同的努力，早日积攒下一笔钱，然后回安徽农村去盖房子。

那须是多大数目的一笔钱呢？

三万元？还是五万元？

他们离这个目标还有多远呢？

似乎，为了达到这个目标，他们再豁上七八年的时间也不足惜。而且，一定要达到，一定能达到。

难道，这便是他们乐观的生活态度的因由吗？

哪一个人没有生活的目标呢？

哪一个家庭没有生活的目标呢？

但是，有多少人，有多少个家庭，身在到处声色犬马灯红酒绿的大都市里，不谤世妒人，不自卑自贱，不自暴自弃，一心确定一个不超出实际的寻常得不能再寻常的生活目标，全家人同舟共济，付出了一个七八年，并准备再付出一个七八年去辛辛苦苦地实现呢？

我清楚，这样的人，这样的人家，在北京也是不少的。

这一种生活态度不是很可敬吗？

自尊，自强，自立——于老百姓而言，不是特别重要吗？

十分难得的是，他们还有那么一种仿佛任什么都腐蚀不了的乐观!

这乐观可贵呀!

我常对自己说——朱师傅是我的一面镜子。他这一面镜子,每每照出我这个小说家生活的矫情。

我也常对妻子和儿子说——朱师傅一家是我们一家的镜子。

相比于朱师傅和他的一家,我和我的一家,还有什么理由不乐观地生活?我们对生活所常感到的不满足不如意,不是矫情又是什么呢?……

看自行车的女人

想为那个看自行车的女人写下篇文字的念头,已萌生在我心里很久了。事实上我也一直觉得还会见到她,果而那样,我就不写她了。却再也没见到。北京太大,存自行车的地方太多,她也许又到别处做一个看自行车的女人去了。或者,又受到什么欺辱,憋屈无人可诉,便回家乡去了?总之我没再见到过她……

而我第一次见到她,是在北京一家牙科医院前边的人行道上:一个胖女人企图夺她装钱的书包,书包的带子已从她肩头滑落,搭垂在她手臂上。她双手将书包紧紧搂于胸前,以带着哭腔的声音叫嚷着:"你不能这样啊,你不能这样啊,我每天挣点儿钱多不容易啊!……"

那绿色的帆布的书包,看去是新的。我想,她大约是为了她在北京找到的这一份看自行车的工作才买的。从前的年代，小学生们都背着那样的书包上学。现在，城市里的小学生早已不背那样的书包了，偶尔可见摆地摊的街头小贩还卖那样的书包，一种赖在大城市消费链上的便宜货。看自行车的女人四十余岁，身材瘦小，脸色灰黄。她穿着一套旧迷彩服，居然还戴着一顶也是迷彩的单帽，而足下是一双带扣绊儿的旧布鞋，没穿袜子，脚面晒得很黑。那一套迷彩服，连那一顶帽子，当然都非正规军装，地摊上也有卖的，十元钱可以都买下来。总之，她那么一种穿戴，使她的模样看去不伦不类，怪怪的。单帽的帽舌卡得太低，压住了她的双眉。帽舌下，那看自行车的女人的两只眼睛，呈现着莫大而又无助的惊恐。

　　我从围观者们的议论中听明白了两个女人纠缠不休的原因：那身高马大的胖女人存上自行车离开时，忘了拿放在自行车筐里的手拎袋，匆匆地从医院里跑回来找，却不见了，丢了。她认为看自行车的外地女人应该负责任。并且，怀疑是被看自行车的外地女人藏匿了起来。

　　"我包里有三百元钱，还有手机，你'丫挺'的敢说你没看见！难道我讹你不成么？！……"

　　胖女人理直气壮。

　　看自行车的女人可怜巴巴地说："我确实就没看见嘛！我看的是自行车，你丢了包儿也不能全怪我……你还兴许丢别处了呢……"

"你再这样说我抽你！"——胖女人一用力，终于将看自行车的女人那书包夺了去，紧接着将一只手伸入包里去掏，却只不过掏出了一把零钱。五六十辆一排自行车而已，一辆收费两毛钱，那书包里钱再怎么多，也多不过十几元啊。

"当"的一声，一只小铁碗抛在看自行车的女人脚旁，抢夺者骑上自己的自行车，带着装有十几元零钱的别人的书包，扬长而去。我想，那与其说是经济的补偿，毋宁说更是图一种心理平衡的行为。我居京二十余年，第一次听一个北京的中年妇女口中说出"丫挺"二字。我至今对那二字的意思也不甚了了，但一直觉得，无论男女，无论年龄，口中一出此二字，其形其状，顿近痞邪。

看自行车的女人追了几步，回头看着一排自行车，情知不能去追，也情知是追不上的，慢慢走到原地，捡起自己的小铁碗，瞧着发愣。忽然，头往身旁的大树上一抵，呜呜哭了。那单帽的帽舌，压折在她的额和树干之间……

我第二次见到她，是在北京的一家书店门外。那家书店前一天在晚报上登了消息，说第二天有一批处理价的书卖。我的手，和一只女人的黑黑瘦瘦的手，不期然地伸向了同一本书——《英汉对照词典》。我一抬头，认出了对方正是那个看自行车的女人，不由得将伸出的手缩了回来。我家小阿姨莲花嘱我替她捎买一本那样的书，不知那看自行车的女人替什么人买。看自行车的女人那天没再穿那套使她的样子不伦不类的迷彩服，也没戴迷彩单帽，而穿了一身洗得干干净净的蓝布衫裤。我的手刚一缩回,她赶紧将那一本书拿起在手中,急问卖书人多少钱。人家说二十元,她又问十五元行不行?人家说一本新的要卖四十元呢!问她买不买,不买干脆放下,别人还买呢!看自行车的女人就将一种特别无奈的目光望向了我,她的手却仍不放那词典。我默默转身走了。

我听到她在背后央求地说:"卖给我吧,卖给我吧,我真的就剩十五元钱了!你看,十五元六角,兜里再一分钱也没有了!我不骗你,你看,我还从你们这儿买了另外几本书哪!……"

又听卖书的人好像不情愿似的:"行行行,别啰唆了,十五元六拿去吧!"

……

后来,那女人又在一家商场门前看自行车了。一次,我去那家商场买蒸锅,没有大小合适的,带着的一百元钱也就没破开。取自行车时,我没想到看自行车的人会是她,歉意地说:"忘带存车的零钱了,一百元你能找得开吗?"我那么说时表情挺不自然,以为她会朝不好的方面猜度我。因为一个人从商场出来,居然说自己兜里连几角零钱都没有,不大可信的。她望着我愣了愣,似乎要回忆起在哪儿见过我,又似乎仅仅是由于我的话而发愣。也不知她是否回忆起了什么,总之她一笑,很不好意思地说:"那就不用给钱了,走吧走吧!"——她当时那笑,给我留下很深的印象。我们许多人,不是已被猜度惯了么?偶尔有一次竟不被明明有理由猜度我们的人所猜度,于我们自己反倒是很稀奇之事了。每每竟至于感激起来。我当时的心情就是那样。应该不好意思的是我，她倒那么不好意思。仅凭此点，以我的经验判断，在牙科医院前的人行道上发生的那件事中，这外地的看自行车的女人，她是毫无疑问地被欺负了……这世界上有多少事的真相，是在众目睽睽的情况之下被掩盖甚至被颠倒了啊！这么一想，我不禁替她不平……

我第二次去那家商场买到了我要买的那种大小的蒸锅，付存车费时我说："上次欠你两毛钱，这次付给你。"我之所以如此主动，并非想要证明自己是一个多么多么诚信的人。我当时丝毫也没有这样的意识。倒是相反，认为她肯定记着我欠她两毛钱存车费的事，若由她提醒我，我会尴尬的。不料她又像上次那样愣了一愣。分明，她既不记得我曾欠她两毛钱存车费的事，也不记得我和她曾要买下同一本词典的事了。可也是，每天这地方有一二百人存自行车取自行车，她怎么会偏偏记得我呢？对于那个外地的看自行车的女人，这显然是一份比牙科医院门前收入多的工作。我看出她脸上有种心满意足的表情。那套迷彩服和那顶迷彩单帽，仿佛是她看自行车时的工作装，照例穿戴着。依然赤脚穿着那双旧布鞋，依然用一只绿色的帆布小书包装存车费。

"不用啊不用啊。"她又不好意思起来，硬塞还给了我两毛钱。我觉得，她特别希望给在这里存自行车的人一种良好的印象。我将装蒸锅的纸箱夹在车后座上，忍不住问了她一句："你哪儿人？"

"河南。"她的脸，竟微微红了一下。

我于是想到了那是为什么，便说："我家小阿姨也是河南人。"

她默默地，有些不知说什么好地笑着。

"来北京多久了？"

"还不到半年。"

"家乡的日子怎么样呢？"

"不容易过啊……再加上我儿子又上了大学……"她将"大学"两个字说出特别强调的意味，顿时一脸自豪。

"唔？在一所什么大学？"

她说出了一座我陌生的河南城市的名字。我知近年某些省份的地区级城市的师范类专科学院，也有改挂大学校牌的，就没再问什么。

我推自行车下人行道时，觉得后轮很轻。回头一看，见她的一只手替我提起着后轮呢。骑上自行车刚蹬了几下，纸箱掉了。那看自行车的女人跑了过来，从书包里掏出一截塑料绳……

北京下第一场雪后的一天晚上，北影一位退了休的老同志给我打电话，让我替他写一封表扬信寄给报社。他要表扬的，就是那个河南的看自行车的女人。他说他到那家商场去取照片，遇到熟人聊了一会儿，竟没骑自行车走回了家，拎兜也忘在自行车筐里了……

"拎兜里有几百元钱，钱倒不是我太在乎的，我一共洗了三百多张老照片啊！干了一辈子摄影，那些老照片可都是我的宝呀！吃完晚饭天黑了我才想起来，急急忙忙打的去存车那地方，你猜怎么着？就剩我那一辆自行车了！人家看自行车那女人，冷得受不了，站在商店门里，隔着门玻璃，还在看着我那辆旧自行车哪！而且，替我将我的拎兜保管在她的书包里。人心不可以没有了感动呀是不是？人对人也不可以不知感激是不是？……"

北影退了休的摄影师在电话里恳言切切。我满口应承照办照办。然而过后事一多，所诺之事竟彻底忘了。

不久前我又去那家商场买东西，见看自行车的人已经换了，是一个外地的男人了。我问原先那个看自行车的女人呢？他说走了。我问为什么她走了呢？他说，还能为什么呢？那就是她不称职呗！我们外地人在北京挣这一份工作，那也是要凭竞争能力的！我心黯然，替那看自行车的女人，并且，也有几分替她那在一所默默无闻的大学里读书的儿子……

我想问她到哪里去了，张张嘴，却什么也没有再问。

我不知她从农村来到城市，除了看自行车，还能干什么？如果她仍在北京的别处，或别的城市里做一个看自行车的人，我祈祝她永远也不会再碰到什么欺负她的人，比如那个抢夺了她书包的胖女人。

阳光底下，农村人，城市人，应该是平等的。弱者有时对这平等反倒显得诚惶诚恐似的，不是他们不配，而是这起码的平等往往太少，太少……

儿子、母亲、公仆和水

在福建省东山县，曾听人讲到这样一件事——当年，谷文昌们初登岛时，岛上生存条件非常恶劣，沙患严重，草木不生，而且极其缺水。一遭旱灾，十井九枯。水之宝贵，如同西部水源稀少之地。

在那一种情况下，即使某井未干，井水也浅得可怜。可怜到什么程度呢？以分米、厘米言之，非夸张也。

这么浅的水，又如何汲得上来呢？

办法自然是有的。

便是——用一条长长的绳索，将小孩子坠下井去。孩子须在井上脱了鞋，以免鞋将浅浅的水层踩脏了。孩子被坠下时，还须怀抱一个瓷罐，内放小饭勺一只。孩子的小脚丫一着井底，便蹲下身去，用小勺一勺一勺地往罐里装水。对于孩子，那意味着是一项重要的工作，也可以说是一项重要的任务。仿佛汤锅里注油，要以很大的耐心和很大的使命感来完成，急不得的。急也没用。罐里的水满了，便被吊上去。由守在井口的大人，倒在盆里或桶里。每每地，吊上几罐水去以后，井水被淘干了。孩子就得耐心地等着水再慢慢浮现一层。孩子只能蹲着等或站着等。那时，守在井口的大人，也只能更加耐心地等。如此这般，吊上去的水差不多够一家人做饭和喝的了，总需一个来小时或更长的时间。而孩子那一双赤着的小脚丫，是没法儿不始终踩在冰凉的井底的。水干了，踩着的是冰凉的井泥。水又慢慢渗出一层来了，那么小脚丫便在冰凉的井水里浸泡着。而有时，井口等水的大人们会排起长队来，那么就需有几个孩子也排在井边，轮番被坠下井去。从井里被用绳索扯上来的那个孩子，他解开绳子，一转身就会朝有沙子的地方跑去。朝阳地方的沙子毕竟是温暖的，孩子一跑到那儿，就一屁股坐下去，将两只蹲麻了而且被冰凉的井水渗红了的小脚丫快速地埋入温暖的沙中……

　　有一户人家的房屋，盖在离别人家的房屋挺远的地方。这一户人家的屋后有一口井。某年大旱，那口井很侥幸地将干未干。孩子的父亲到外地打工去了，只有母亲和孩子留守家中。那母亲，别无他法，不得不天天将自己六岁的儿子坠下井去弄水。一日傍晚，孩子在井下灌水，母亲却由于又饥又渴，还病着，发着烧，竟一头栽倒井旁，昏了过去。孩子在井下上不来，只有喊，只有哭。喊也罢，哭也罢，却没人听到。天渐渐地就黑了,孩子既不喊也不哭了,因为他的嗓子已喊哑了,因为他的眼里已哭不出泪来了。后半夜,母亲被冷风吹醒了,这才急忙将孩子拽上来——孩子浑身栗抖不止,连话都说不出来了。然而,却紧紧地搂抱着罐子。罐子里,盛着满满的水……

后来那孩子的双腿,永远也站不直了。

当年东山县的县委书记也听说了这一件事。

谷文昌于是对县长发了一个毒誓:"如果我们县委不能率领东山百姓治除沙患,不能让东山的老百姓不再为一个水字发愁,那么就让我哪一天被沙丘活埋了吧!"

当然,他并没有被沙丘活埋。

因为在他任县委书记的十四年间,任劳任怨,百折不挠,制服了东山县的沙患,也为东山县的百姓彻底解决了用水难题……

我听罢,始而震动,继而感动。

何谓公仆?

公仆者,爱百姓如爱父母者也。

倘有此情怀,皆大公仆也;然这等"情怀",不会是天生的啊!前提是对百姓的疾苦,耳能听到,眼能看到。听到了,看到了,还要心疼。谷文昌是一位农民出身的县委书记,在河南任区委书记时,便天天与百姓们发生着亲密的接触,将为人民服务视作己任。恤民之情,在他是一件自然而然之事,本无须别人教导。故他到了东山当了县委书记以后,凡十四年间,公仆本色,一日也不曾改变过。这是与现在的某些官员很不同的。现在的某些官员,往往一天也没有与百姓的生活打成一片过,仅靠走通了"上层路线",平步青云地就成了"公仆"了。"公仆"倒是越做越大,离百姓们却是越来越远。最后远到老百姓想见到他们一面简直比登天还难。这样的些个"公仆",有耳,那耳也只剩下了一个功能——专听上级旨意和官场动向;有眼,那眼也不再能看得到别的,仅见上级的脸色如何和官场的晋升诀窍而已。对于百姓之疾苦,自己有眼视而不见,自己有耳听而不闻,彻底麻木,心冷如石,如铁,连点儿一般人的恻隐最终都丧失了。别人的耳听到了,别人的眼看到了,告知他们;他们往往陡然变色,心特烦……

在某大学,当我将孩子、母亲、公仆和水的一段往事讲给学子们听后,台下有一名女生忽然哭了。人皆讶然。我问她为什么哭?答:"和半个多世纪前东山县那个男孩类似的经历,我也有过。只不过我被母亲用绳索坠下的不是深井,是我们西部人家的水窖。我们那儿根本打不出井水来,家家户户的水窖里蓄的是冬季的雪水和夏季的雨水。只不过我比那个男孩幸运,因为我的经历是绳索断了,我重重地摔在水窖里,磕掉了两颗门牙……"

人皆由讶然而肃然。高坐台上的我,怔愣许久,不知究竟该说几句什么话好。

数月后,在一次关于中国农民生活现状的研讨会上,我听一位专家介绍——目前仍有百分之四十六的农村没有自来水；其中半数左右的农村饮用水，含有对人体有害甚至有严重危害的物质；而由于农村的生产方式早已由集体化转变为个体化，国家对农业机械化的直接扶植，其实已由从前的百分之零点四减少为百分之零点三五……

  我又一次受到震动。要让农民也喝上放心的水，也不再为喝水发愁，中国该需要多少谷文昌？抑或，需要支出多少钱？没有那么多谷文昌，有那么多钱也好啊！然而细细想来，谷文昌们和钱，中国是都有些缺少的吧？

辑二

老水车旁的风景

老水车旁的风景

其实,那水车一点儿都不老。

它是一处旅游地最显眼的标志,旅游地原本是一个村子。两年前,这地方被房地产开发商发现并相中,于是在盖别墅和豪宅的同时,捎带着将这里开发成了旅游景点,使之成了小型的周庄。

在双休日或节假日,城里人络绎不绝地驾车来到这里。吃喝玩乐,纵情欢娱。于是这里有了算命的、画像的、兜售古玩的;也有了陪酒女、陪游女、卖唱女、按摩女,皆姿容姣好的农家少女。她们终日里耳濡目染,思想迅速地商业化着。

城里人成群结队地到来的时候,必会看到,在那水车旁有一老妪和一少女。老妪七十有几,少女才十六七岁,皆着清朝裳。老妪形容枯瘦憔悴；少女人面桃花、目如秋水，顾盼之际，道是无情却有情。老妪纺线，少女刺绣，成为水车的陪衬，景观中的风景。她们都是景区花钱雇了在那儿摆样给观光客们看的，收入微薄。幸而，若有观光客与她们照相，或可得些小费。老妪是村里的一位孤寡老人，在村里有一间半祖宅。村子受益于旅游业，有了些公款，每月亦给她五十元。老妪是以感激旅游业，对自己能有那样一种营生，甚为满足，终日笑眯眯的。少女是从外地流落到这儿的，像寻蜜的蜂儿一样被这旅游地的兴旺发达吸引来的。她的家在哪里，家境如何，身世怎样，没人知道。曾有好奇的村人问过，少女讳莫如深，每每三缄其口，是以渐无问者。

  当地人对于外地人，免不了有点儿欺生。可像她那么一个十六七岁的女孩，讨生活的方式并不危害任何当地人的利益，虽然明明是外省人，便借故欺她，却是不忍心的。不忍相欺归不忍相欺，但对于那来历不明的小姑娘，当地人内心还是有些犯嘀咕。会不会是个小女贼，待人们放松了警惕，待她摸清了各家的情况，抓住对她有利的机会，逐门逐户偷盗个遍，然后逃得无影无踪。据他们所知，省内别的景区发生过这样的事，祸害了当地人的也是个姑娘。只不过是个二十几岁的大姑娘，只不过没有亲自偷盗，而是充当一个偷盗团伙的眼线。那么，她背后也有一个偷盗团伙吗？人们相互提醒着。随后，她的行动，便被置于许多双有责任感的眼睛的监视之下。但她一如既往地对人们有礼貌，还特别感激当地人收留她。难道因为她才十六七岁,还太单纯,看不出别人对她的警惕吗?这么小年龄的女孩儿走南闯北,会单纯才怪!那么,必是伪装的了。于是,在当地人看来,小女孩还很狡猾……

只有老妪觉得她是个好女孩儿。

她们成为"同事"几天以后,老妪曾问少女住在哪儿,少女说住在一家饭店的危房里,每天五元钱,晚上还得帮着干两个多小时的活儿。饭店里有老鼠,她最怕老鼠。"就是每月一百五十元,也花去了我半个来月的工资,还得看主人两口子的眼色……"少女说得泪汪汪的。

"闺女,住我家吧。我那儿就我一个人,我也喜欢有你这么个伴儿,不会给你气受。"老妪说得很诚恳。

少女没想到老妪会那么说,正犹豫着该怎么回答,老妪又说:"我一分钱不收你的。"

……

于是,少女作为老妪所希望的一个伴儿,住到了老妪家里。

于是,少女脸上笑容多了,喜欢和她一块儿照相的观光客多了,小费也多了。最多时,每天能收到五十元。

老妪脸上的皱纹少了。熟悉她那张老面孔的人,发现她脸上几条最深的褶子变浅了,有要舒展开来的迹象了。她脑后的抓髻也好看了,不像以前那么歪歪扭扭的了。她的指甲不再长而不剪,指甲缝也不再黑黢黢的了。她那身"行头",

显然洗得勤了。她的好心情让她的小费也多起来了。

有好心人提醒她:"你让那小人精住你那儿去了?千万防着点儿,万一你那点钱被她偷了,临走连件寿衣都穿不上……"

老妪不爱听那样的话。

她说:"走?往哪儿走?人家孩子比我多的钱放那儿都不避我,我那么点儿钱,防人家干吗?"

她爱听少女的话。

少女常对她说:"奶奶,尽量想高兴的事儿,那样您准能活一百多岁。"

经历了二十几年孑然一身、形影相吊的孤寡生活以后,忽然有了一个朝夕相处的小女伴儿,老妪返老还童了似的。有时,一老一少对面坐着,各点各的钱,还相互换零凑整的……

然而有天老妪忽然失明,接着咯血了。村里不得不派人把她送到县医院,一诊断是癌症,早扩散了。那么老的人了,是农村人,还是个孤寡老人,也只有回家挨着。

村里负责的人就对少女说:"她都这样了,你搬走吧,爱住哪儿住哪儿去吧。"少女哭着说:"我不搬走。奶奶对我好,我要服侍服侍她……"

非亲非故,来历不明,还口口声声"奶奶,奶奶"叫得挺亲,就是不搬走,图什么呢?村里负责的人想到了老妪的一间半祖屋。这个小人精,不图房子,还图什么?于是,在老妪状态稍好的某日,村里负责的人带着一男一女来到了老妪家里,他介绍,那男的是县公证处的,女的是位律师。他开门见山地对老妪说,她应该在临死前做出决定,将一间半祖屋留给村里。那屋子是可以改装成门面房的,稍加改装以后,或卖或租,钱数都很可观。

老妪说:"行啊!"村里负责的人又说:"那你就在这张纸上按个手印吧!"老妪不高兴了:"我觉得,我一时死不了。"村里负责的人急了:"所以趁你还明白,才让你按手印嘛!"老妪就不理他们三个男女,把身子一转,背朝他们了……村里负责的人没主意了,找来另外几个有主意的人商议,他们都认为老妪完全有可能被那外省的小妖精蛊惑了,已经按手印留下了什么遗嘱,把一间半祖屋"赠给"那小妖精了……口口相传,几个人所担心的事情,一夜之间,仿佛成了确凿之事。是可忍,孰不可忍?岂能让不相干的人占了便宜?于是全村男女老少同仇敌忾起来。没人愿意去照顾那糊涂的老妪了……少女就连她那份儿工作也不能干了……

村里人们的心,暗中扭成了一股劲儿——你不是哭着闹着要服侍吗?你一个人好好服侍吧!服侍得再好也是枉费心机,企图占房子?法庭上见吧!

十几天后,老妪走了。老妪攒下的钱不够发送自己,少女为她买了一套寿衣……

又过了几天,那少女也消失了,没跟村里任何人告别,也没留下封信……

村里负责的人竟不知拿老妪那一间半祖屋怎么办才好了。景区内的门面房是在涨价，但他不敢自作主张改造、装修或租或售，因为他怕有一天少女突然出现，手里拿一份什么证明，使村里损失了改造费或装修费，甚至落个非法出售或出租的罪名……

那景区至今依然游人如织。那水车至今还在日夜转动。那一间半老屋子，至今还闲置着，越发破败了。再不改造和装修，不久就会倒塌……

二〇〇八年十一月三日于北京

阳春面

　　早年的五角场杂货店旁，还有一家小饭馆。确切地说，是一家小面馆，卖面条、馄饨、包子。

　　顾客用餐之地，不足四十平方米。"馆"这个字，据说起源于南方。又据说，北方也用，是从南方学来的——如照相馆、武馆。但于吃、住两方面而言，似乎北方反而用得比南方更多些。在早年的北方，什么饭馆什么旅馆这样的招牌比比皆是。意味着比店是小一些，比"铺"却还是大一些的所在。我谓其"饭馆"，是按北方人的习惯说法。在记忆中，它的牌匾上似乎写的是"五角场面食店"。那里九点钟以前也卖豆浆和油条，然复旦的学子们，大约很少有谁九点钟以前踏入过它的门槛。因为有门有窗，它反而不如杂货店里敞亮。栅板一下，那是多么豁然！而它的门没玻璃。故门一关，只有半堵墙上的两扇窗还能透入些阳光,也只不过接近中午的时候。两点以后,店里便又幽暗下来。是以,它的门经常敞开……

它的服务对象显然是底层大众。可当年的底层大众,几乎每一分钱都算计着花。但凡能赶回家去吃饭,便不太肯将钱花在饭店里,不管那店所挣的利润其实有多么薄。店里一向冷冷清清。

我进去过两次。第一次,吃了两碗面;第二次,吃了一碗面。

第一次是因为我一大早空腹赶往第二军医大学的医院去验血。按要求,前一天晚上吃得少又清淡。没耐心等公共汽车,便往回走。至五角场,简直可以说饥肠辘辘了,然而才十点来钟。回到学校,仍要挨过一个多小时方能吃上顿饭;身不由己地进入了店里。我是那时候出现在店里的唯一顾客。

服务员是一位我应该叫大嫂的女子,她很诧异于我的出现。我言明原因,她说也只能为我做一碗"阳春面"。

我说就来一碗"阳春面"。

她说有两种价格的——一种八分一碗,只放雪菜;另一种一角二分一碗,加肉末儿。

我毫不犹豫地说就来八分一碗的吧。依我想来,仅因一点儿肉末的有无,多花半碗面的钱,太奢侈。

她又说,雪菜也有两种。一种是熟雪菜,以叶为主;一种是盐拌的生雪菜,以茎为主。前者有腌制的滋味,后者脆口，问我喜欢吃哪种。

我口重，要了前者。我并没坐下，而是站在灶间的窗口旁，看着她为我做一碗"阳春面"。

我成了复旦学子以后，才知道上海人将一种面条叫"阳春面"。为什么叫"阳春面"，至今也不清楚，却欣赏那一种叫法。正如我并不嗜酒，却欣赏某些酒名。最欣赏的酒名是"竹叶青"，尽管它算不上高级的酒。"阳春面"和"竹叶青"一样不乏诗意呢。一比，我们北方人爱吃的炸酱面，岂不太过直白了？

那我该叫大嫂的女子，片刻为我煮熟一碗面，再在另一锅清水里焯一遍。这样，捞在碗里的面条看去格外诱人。另一锅的清水，也是专为我那一碗面烧开的。之后，才往碗里兑了汤，加了雪菜。那汤，也很清。

当年，面粉在全国的价格几乎一致。一斤普通面粉一角八分钱；一斤精白面粉两角四分钱；一斤上好挂面也不过四角几分钱。而一碗"阳春面"，只一两，却要八分钱。而八分钱，在上海的早市上，当年能买两斤鸡毛菜……

也许我记得不准确，那毕竟是一个不少人辛辛苦苦上一个月的班才挣二十几元的年代。这是许多底层的人们往往舍不得花八分钱进入一个不起眼的小面食店吃一碗"阳春面"的原因。我是一名拮据学子，花起钱来，也不得不分分盘算。

在她为我煮面时，我问了她几句，她告诉我，她每月工资二十四元，她每天自己带糙米饭和下饭菜。她如果吃店里的一碗面条，也是要付钱的。倘偷偷摸摸，将被视为和贪污行为一样可耻。

转眼间我已将面条吃得精光，汤也喝得精光，连道好吃。她伏在窗口，看着我笑笑，竟说："是吗？我在店里工作几年了，还没吃过一碗店里的面。"我也不禁注目着她，腹空依旧，脱口说出一句话是："再来一碗……"她的身影就从窗口消失了。我立刻又说："不了，太给你添麻烦。""不麻烦，一会儿就好。"——窗口里传出她温软的话语。

那第二碗面，我吃得从容了些，越发觉出面条的筋道和汤味的鲜醇。我那么说，她就又笑，说那汤，只不过是少许的鸡汤加入大量的水，再放几只海蛤煮煮……

回到复旦我没吃午饭，尽管还是吃得下的。一顿午饭竟花两份钱，自忖未免大手大脚。

我的大学生活是寒酸的。

毕业前，我最后一次去五角场，又在那面食店吃了一碗"阳春面"。已不复由于饿，而是特意与上海作别。那时我已知晓，五角场当年其实是一个镇，名分上隶属于上海罢了。那碗"阳春面"，便吃出依依不舍来。毕竟，五角场是我在复旦时最常去的地方。那汤，也觉其更鲜醇了。

那大嫂居然认出了我。她说，她涨了四元工资，每月挣二十八元了。她脸上那知足的笑，给我留下极深极深的记忆……

面食店的大嫂也罢，那几位丈夫在城里做"长期临时工"

的农家女子也罢,我从她们身上,看到了上海底层人的一种"任凭的本分"。即无论时代这样或若那样,他们和她们,都肯定能淡定地守望着自己的生活。那是一种生活态度,也是某种民间哲学。

也许,以今人的眼看来,会曰之为"愚"。而我,内心里却保持着长久的敬意。依我想来,民间之原则有无、怎样,亦决定,甚而更决定一个国家的性情。是的,我认为国家也是有性情的……

练摊儿

我练摊儿纯粹因为——熟悉我的朋友们断言，不管我卖什么，结果只能是——亏。他们说我根本不善于讲价钱。而我自认为我是善于的，并且自认为他们也太小瞧我了。我要向他们证明这一点，也要给自己争得另一份自信。

我没精力去倒什么。家里也没什么东西供我拿到市场上去卖。最终我的目光落在一捆捆杂志上。那都是各编辑部赠寄的。厚的三元多一册，薄的也一元多。赠寄我的刊物，我几乎全都翻阅，否则我觉得起码对不住编辑部。我又很注意爱惜。看过后打捆时，仍是崭新的。一捆一捆地摞放着，我常为它们感到惋惜。本应有更多的手和眼睛翻阅它们。有时我到大学去，便捎上几捆分送给大学生们，见他们喜欢，我觉得高兴。或者分送给厂里的门卫、司机，他们倒也不拒绝接受。谁说没人读纯文学刊物？他们只不过不愿花钱买罢了。不必花钱的东西，而且是新的，一般人们总会作如是想——不要白不要。要了，进而又会想——不看白不看。不管他们是在什么样一种不经心的情况之下看了，便是纯文学的一慰了……但是我从未想到拿它们去卖，至少那一天以前。

我家附近有早市。早市很热闹。我怕我的"货"和白菜萝卜、蘑菇豆腐、大饼油条、瓜果味素之类摆在一起，缺乏起码的竞争力，便预先和"北影""童影"的朋友们打了招呼，要求他们届时去为我捧场，营造些儿购销气氛。我曾在电视商业讲座节目中，看过几眼片段，说是欲成功地销售什么，首先销售的是自己。意思是要注重销售者的自我形象，使购买者瞧着温文尔雅而又诚实可信才好。我的脸天生有那么几分诚实可信，于是刮了胡子理了发，很得意地修整了一番边幅……

捧场者们挺投入地捧场。由于我没跟他们讲得很清楚，他们竟省略了付钱给我这一关键步骤，围着我的地摊挑，挑了便抱着夹着扬长而去。不认识的人们见此情形，亦争相光临。

我说："哎哎，热爱文学的同志们，这是要钱的！"

他们说："还要钱啊！"

有的就放下，怏怏地走了。

有的却并不，反问："刚才那些怎么就可以白拿？"

我一时语塞。于是他们觉得我好生没道理似的，也理所当然而且理直气壮地白拿着便走……

顷刻我的摊前冷落，我的"货"已流失大半。我正懊恼，一五十多岁的半秃顶的男人凑来。我说："不白给，要钱的！"他说："那当然，这年头哪有白给的东西。"我说："厚的一元五，薄的八毛，绝不削价！"他说："我也没提出这请求啊。"我说："你要统统买，我倒也可以考虑照顾你几折。"他说："可惜都是近期的，我更希望要些早期的。"我暗想这人挺怪。我正是怕早期的有"大处理"之嫌，自行车驮来的全是近期的，他倒偏偏希望要早期的。岂非怀旧心理之一例嘛！但是不管这些了，反正我之目的是诱使他掏出钱包来。放过此人，更待何人？我便以诚实可信的口吻，怪神秘地说："都买了吧老同志！这刊物就要停了！最后一期保存在手，将来必有价值！"他正拿起一册《收获》不禁地"哦"了一声。他问："为什么？"我更神秘地说："还用问么？商品大潮的冲击，厉害呀！你这一册里有作家×××的中篇。知道此人不？现实主义大师！这中篇捅了大娄子啦！还有这一册，×××知道不？现代主义始作俑者！不久要出国了，以后在国内刊物上再难见到他的名字了！……统统买了吧！二十元怎么样？二十元买别的，你能买点啥？……"

我神吹海哨，意在骗他的钱。

他说："你知道的还不少呢。"

我说："知道我是谁不，梁晓声。我说我有名气似乎不大谦虚，可说我一点儿也没名气等于骗你。我也要出国去了！美国某大学聘我去讲学，当然也不打算回来了……"他说：

"你就是梁晓声呵,听倒仿佛听说过一点儿……"总之在我的诚实态度的感召下,他统统买走了剩下的杂志。我极慷慨地搭上了铺地的旧塑料布。望着他推自行车离去,我心里别提有多么愉快。赚别人的钱原来竟是如此愉悦的事,以欺骗的手段赚别人的钱,你甚至还会觉得对方是很值得你暗加嘲笑的。我想起我不久前就在这市场上买了三斤菱角粉,吃着感到那一种黏稠可疑,请朋友找了个单位一化验,不过是淀粉掺了骨胶粉而已。我的快感中不但有骗人成功的愉悦,也还有报复了谁的解恨的成分。

始终站在一旁的电影学院的一位朋友问我:"知道那是谁么?"我反问:"谁?"他说:"北师大中文系的副教授啊!专门研究当代中国文学的,他根本就不会相信你那些骗人的鬼话。""您怎么不早说?!""那不就干扰了你的一桩买卖嘛!"我望着远去之人的背影,一时怔愣……

市场管理员走来,对我说:"小伙子,掏钱吧。我早就瞄着你了,罚款二十五元!"我说:"我怎么了你罚我款?"他说:"怎么了?你无照经营。别人都是有临时摊照的,你有么?别看这么多摆摊的,一张生面孔也逃不过我的眼睛……"他一边说一边等待地向我剪动手指。我嘟哝:"只挣了二十……"他说:"我这有纸,那你打个欠条。明天一早送五元钱来。作家,梁晓声,对不?你刚才向人家自我介绍时,我已经记在本上了。你不送来,我有地方找你……"

我只好乖乖地打了一张欠罚款五元的欠条……

鸳鸯劫

冯先生是我的一位画家朋友,擅画鸳鸯,在工笔画家中颇有名气。近三五年,他的画作与拍卖市场结合得很好,于是他十分阔绰地在京郊置了一幢大别墅,还建造了一座庭院。

那庭院里蓄了一塘水,塘中养着野鸭、鸳鸯什么的,还有一对天鹅。

冯先生搬到别墅后不久,有次亲自驾车将我接去,让我分享他的快乐。

我俩坐在庭院里的葡萄架下,吸着烟,品着茶,一边观赏着塘中水鸟们优哉游哉地游动,一边东一句西一句地闲聊。

我问:"它们不会飞走吗?"

冯先生说:"不会的。是托人从动物园买来的,买来之前已被养熟了。没有人迹的地方，它们反而不愿去了。"

我又问："天鹅与鸳鸯，你更喜欢哪一种？"

答曰："都喜欢。天鹅有贵族气；鸳鸯，则似小家碧玉，各有其美。"

又说："我也不能一辈子总画鸳鸯啊！我卖画的渠道挺多，不仅在拍卖行里卖，也有人亲自登门购画。倘属成功人士，多要求为他们画天鹅。但也有普通人前来购画，对他们来说，能购到一幅鸳鸯戏荷图，就心满意足了。画鸳鸯是我最擅长的，技熟于心，画起来快，所以价格也就相对便宜些。普通人的目光大抵习惯于被色彩吸引，你看那雄鸳鸯的羽毛多么鲜丽，那正是他们所喜好的嘛！我卖画给他们，也不仅仅是为了钱。他们是揣着钱到这儿来寻求对爱情的祝福的。我满足了他们的心理需求，自己也高兴。"

我虚心求教："听别人讲，鸳鸯鸳鸯，雄者为鸳，雌者为鸯，鸳不离鸯，鸯不离鸳，一时分离，岂叫鸳鸯。不知道其中有没有什么典故？"

冯先生却说，他也不太清楚，他只对线条、色彩，以及构图技巧感兴趣，至于什么典故不典故，他倒从不关注。

三个月后，已是炎夏。

某日，我正睡午觉，突然被电话铃惊醒，抓起一听，是冯先生。

他说："惊心动魄！惊心动魄呀！哎，我刚刚目睹了一个惊心动魄的事件！这会儿我的心还怦怦乱跳呢，不说出来，我受的那种刺激肯定无法平息!"

我问:"光天化日,难道你那保卫森严的高档别墅区里发生了溅血凶案不成?"

他说:"那倒不是,那倒不是。但我的庭院里,刚刚发生了一场事关生死存亡的大搏斗!"

我说:"你别制造悬念了,快讲,讲完了放电话,我困着呢!"

于是,冯先生语气激动地讲述起来。

冯先生中午也是要休息一个多钟头的,但他有一个习惯,睡前总是要坐在他那大别墅二层的落地窗前,俯视庭院里的花花草草,静静地吸一锅烟。那天,他磕尽烟灰正要站起身来的时候,忽见一道暗影自天而降,斜坠向庭院里的水塘。他定睛细看,"哎呀"一声,竟是一只苍鹰,企图从水塘里捕捉一只水鸟。水鸟们受此惊吓,四散而逃。两只天鹅猝临险况,反应迅疾,扇着翅膀跃到了岸上。苍鹰一袭未成,不肯善罢甘休,旋身飞上天空,第二次俯冲下来,盯准的目标是那只雌鸳鸯。而水塘里,除了几株荷,再没什么可供水鸟们藏身的地方。偏那些水鸟,因久不飞翔,飞的本能已经大大退化。

冯先生隔窗看呆了。

正在那雌鸳鸯命悬一线之际,雄鸳鸯不逃窜了。它一下子游到了雌鸳鸯前面,张开双翅,勇敢地扇打俯冲下来的苍鹰。结果苍鹰的第二次袭击也没成功。

那苍鹰似乎饿急了，它飞上空中，又开始第三次进攻。而雄鸳鸯也又一次飞离水面，用显然弱小的双翅扇打苍鹰的利爪，拼死保卫它的雌鸳鸯。力量悬殊的战斗，就这样展开了。

令冯先生更加吃惊的是，塘岸上的一对天鹅，一齐展开双翅，扑入塘中，加入了保卫战。在它们的带动之下，那些野鸭呀，鹭鸶呀都不再恐惧，先后参战。水塘里一时间情况大乱……

待冯先生不再发呆，冲出别墅时，战斗已经结束。苍鹰一无所获，不知去向。水面上，羽毛零落，有鹰的，也有那些水鸟的……

我听得也有几分发呆，困意全消。待冯先生讲完，我忍不住关心地问："那只雄鸳鸯怎么样了？"

他说："惨！惨！几乎是遍体鳞伤，两只眼睛也瞎了。"

他说他请了一位宠物医院的医生，为那只雄鸳鸯处理伤口。医生认为，如果幸运的话，它还能活下去。于是他就将一对鸳鸯暂时养在别墅里了。

到了秋季，我带着几位朋友到冯先生那里去玩儿，发现他的水塘里增添了一道"风景"——雌鸳鸯将它的一只翅膀，轻轻地搭在雄鸳鸯的身上，在塘中缓缓地游来游去，不禁使人联想到一对挽臂散步的恋人。

而那只雄鸳鸯已不再有往日的美丽，它的背上、翅膀，有几处地方呈现出裸着褐色创疤的皮。那几处地方，是永远也不会再长出美丽的羽毛了……更令人动容的是，塘中的其他水鸟，包括两只雪白的、气质高贵的天鹅，只要和那对鸳鸯相遇，都会自觉地给它们让路，仿佛那是不言而喻之事，仿佛已成塘中的文明准则。尤其那一对天鹅，当它们让路时，每每曲颈，将它们的头低低地俯下，一副崇敬的姿态。

我心中自然清楚那是为什么，我悄悄对冯先生说："在我看来，它们每一只都是高贵的。"

冯先生默默地点了一下头，表示完全同意我的看法。

不知内情的人，纷纷向冯先生发问，冯先生略述前事，众人皆肃默。

是日，大家被冯先生留住，在庭院中聚餐。酒至三巡，众人逼我为一对鸳鸯作诗。我搪塞不过，趁几分醉意，胡乱诌成五绝一首：

> 为爱岂固死，
> 有情才相依。
> 劫前劫后鸟，
> 直教人惭极。

有专业歌者，借他人熟曲，击碗而歌。众人皆击碗和之。罢，意犹未尽。冯先生率先擎杯至塘边，泼酒以祝。众人皆效仿。

然塘中鸳鸯，隐荷叶一侧，不睬岸上之人，依然相偎小憩。两头依靠，呈耳鬓厮磨状。那雌鸳鸯的一只翅膀，竟仍搭在雄鸳鸯的背上。

不久前某日，忽又接到冯先生电话。他寒暄一句，随即便道："它们死了！"

我愕然，轻问："谁们？"

答："我那对鸳鸯……"

电话那端，于是传来呜咽。

于是想到，已与冯先生中断往来两年之久了。他先是婚变，后妻是一"京漂"，芳龄二十一，比冯先生小三十五岁。正新婚宴尔，祸事却猝不及防——他某次驾车回别墅区时，撞在水泥电线杆上，严重脑震荡，久医病轻，然落下手臂挛颤之症，无法再作画矣。后妻便闹离婚，他不堪其恶语之扰，遂同意。后妻离开时，暗中将其画作全部转移。此时的冯先生，除了他那大别墅和早年间积攒的一笔存款，也就再没剩什么了。坐吃山空，前景堪忧。

我不知该对他说什么好。

冯先生呜呜咽咽地告诉我，塘中的其他水鸟，因为无人喂养，都飞光了。

我又一愣，半天才问出一句话："不是都养熟了吗？"

又是一阵呜咽。

冯先生没有回答我的疑问，就把电话挂了。

我呆呆地陷入了沉思，猛地想到了一句话是"万物互为师学，天道也"，却怎么也回忆不起来，究竟是哪一位古人说的了……

丢失的香柚

"大串联"时期,我从哈尔滨到了成都,住气象学校,那一年我才十七岁。头一次孤独离家远行,全凭"红卫兵"袖章做"护身符"。我第二天病倒了。接连多日,和衣裹着一床破棉絮,蜷在铺了一张席子的水泥地的一角发高烧。

高烧初退那天,我睁眼看到一张忧郁而文秀的姑娘的脸,她正俯视我。我知道,她就是在我病中服侍过我的人,又见她戴着"红卫兵"袖章,愈觉她可亲。

我说:"谢谢你,大姐。"看去她比我大两三岁。一丝悱然的淡淡的微笑浮现在她脸上。

她问:"你为什么一个人从大北方串联到大南方来呀?"

我告诉她,我并不想到这里来和什么人串联,我父亲在乐山工作,我几年没见他的面了,想他。并委托她替我给父亲拍一封电报，要父亲来接我。隔日，我能挣扎着起身了，她又来看望我，交给了我父亲的回电——写着"速回哈"三个字。我失望到顶点，哭了。

她劝慰我："你应该听你父亲的话，别叫他替你担心，乐山正武斗，乱极了！"

我这时才发现，她戴的不是"红卫兵"袖章，是黑纱。我说："怎么回去呢？我只剩几毛钱了！"虽然乘火车是免费的，可千里迢迢，身上总需要带点钱啊！

她沉吟片刻，一只手缓缓地伸进衣兜，掏出五元钱来，惭愧地说："我是这所学校的学生，'黑五类'。我父亲刚去世，每月只给我九元生活费，就剩这五元钱了，你收下吧！"她将钱塞在我手里，拿起笤帚，打扫厕所去了。

我第二天临行时，她又来送我。走到气象学校大门口，她站住了，低声说："我只能送你到这儿，他们不许我迈出大门。"她从书包里掏出一个柚子给了我，"路上带着，顶一壶水。"空气里弥漫着柚香。

我说："大姐，你给我留个通信地址吧！"

她注视了我一会儿，低声问："你会给我写信吗？"

我说："会的。"

她那么高兴，便从她的小笔记本上扯下一页纸，认认真真给我写下了一个地址，交给我时，她说："你们哈尔滨不是有座天鹅雕塑么？你在它前边照张相寄给我好吗？"

我默默点了一下头。我走出很远，转身看，见她仍呆呆地站在那里,目送着我。路途中缺水,我嘴唇干裂了,却舍不得吃那个柚子。在北京转车时,它被偷走了。回到哈尔滨的第二天,我就到松花江畔去照相。天鹅雕塑已被砸毁了。满地碎片。一片片仿佛都有生命,淌着血。我不愿让她知道天鹅雕塑砸毁了,就没给她写信……

去年,听说哈尔滨的天鹅雕塑又复雕了,我专程回了一次哈尔滨,在天鹅雕塑旁照了一张相,彩色的。按照那页发黄的小纸片上的地址,给那位铭记在我心中的大姐写了一封信,信中夹着照片。信退回来了。信封上,粗硬的圆珠笔字写的是——"查无此人"。她哪里去了?想到有那么多我的同龄人"消失"在十年动乱之中了,我的心便不由得悲哀起来。

永久的悔

一九七一年,我到北大荒的第三个年头,连队已有二百多名知识青年了。我是一排一班的班长。我们被认为或自认为是知识青年,其实并没有多少知识可言。我的班里,年龄最小的上海知青,才十七岁,还是些中学生而已。

那一年全都在"割资本主义的尾巴"。团里规定——老职工老战士家,不得养母鸡。母鸡会下蛋,当归于"生产资料"一类。至于猪,公的母的,都是不许私养的。母猪会下崽,私人一旦养了,必然形成"资本的原始积累"。公猪哪,一旦养到既肥且重,在少肉吃的年代,岂非等于"囤稀居奇"?违反了规定者,便是长出"资本主义的尾巴"了。倘自己不主动"割",则须别人帮助"割"了。用当年的话说,主张"割得狠、割得疼、割得彻底、割出血来"。

有一年，有一名老职工和我们班在山上开创"新点"。五月里的一天，我忽听到了小鸡的吱吱叫声，发出在一纸板箱里。纸板箱摆在火炕的最里角。

我奇怪地问："老杨，那里是什么叫？"

他笑笑，说是小鸟儿叫。

我说："我怎么听着像是小鸡叫？"

他一本正经地说："深山老林，哪儿来的小鸡啊？是小鸟儿叫，我发现了一个鸟窝，大概老鸟儿死了，小鸟儿们全饿得快不行了。我一时动了菩萨心肠，就连窝捧回来了，养大就放生……"他说得煞有介事，而且有全班人为他做证，我也就懒得爬上炕去看一眼，只当就是他说的那么回事儿……不久后的一天，我见他在喂他的"鸟儿"们。它们一个个已长得毛茸茸的，比拳头大了。我指着问："这是些什么？"

他嘿嘿一笑，反问："你看呢？"

我说："我看是些小鸡，不是小鸟儿。"

他说："我当它们是些小鸟儿养着，它们不就算是些小鸟儿了么？"这时全班人便都七言八语起来，有的公然"指鹿为马"，说明明是些小鸟儿，偏我自己当成是些小鸡，以己昏昏，使人昏昏。有的知道骗不过我，索性替老杨讲情儿，说在山上，养几只小鸡也算不了什么，何必认真？再说，也是"丰富业余生活"内容么……

我也觉得大家的生活太寂寞了，不再反对。你没法儿想象，那些"小鸟儿"，不，那些小鸡，是老杨每晚猫在被窝里，用双手轮番地焐，焐了半个多月，一只只焐出来的……一日三餐，全班总是有剩饭剩菜的，它们吃得饱，长得快，又有老杨的精心护养，到了八九月份，全长成些半大鸡了。"新点"建还是不建，团里始终犹豫，所以我们全班也就始终驻扎在山上。"十一"那一天，老杨杀了两只最大的公鸡，我们美美地喝了一顿鸡汤。

春节前，连里通知，"新点"不建了，要全班撤下山。这是大家早就盼望着的事，可几只鸡怎么办呢？大家都犯起愁来。最后一致决定，全杀了吃。

其中四只是母鸡。杀鸡的老杨几次操刀，几次放下，对它们下不了手。他恳求地望着我说："班长，已经开始下蛋了啊！"

我说："那又怎样？"

他说："杀了太可惜呀！"

我说："依你怎么办？"

他进一步恳求："班长，让我偷偷带回连队吧！我家住在村尽头，养着也没人发现。发现了我自己承担后果。我家孩子多，又都在长身体的时候……"

而我，当时实在说不出断然不许的话……我却不曾料到，这件事被我们班里一个极迫切要求入团的知青揭发了，于是召开了全连批判会，于是这件事上了全团的"运动简报"。批判稿是我写的，我代表全班读的。尽管我按照连里和团里的指令做了，我这个班长还是被撤了职……老杨一向为人老实，平时对我们也极好。他感到了被出卖的愤怒，也觉得当众受批判乃是他终生的奇耻大辱。一天夜里，他吊死在知青宿舍后的一棵树上……

我们被吩咐料理他的后事。他死后我才第一次到他家去。那是怎样的一个家啊！一领破炕席，三个衣衫褴褛营养不良的孩子，一个面黄肌瘦病恹恹的女人……那一种穷困情形咄咄逼人。在他死后，尤其令人心情沉重而又内疚不已……

我们将埋他的坑挖得很深很深……埋了他，我们都哭了，在他的坟头……后来每一个星期日的夜里，都会有一爬犁烧柴送到他家门前……后来我当了小学教师，教他的三个孩子。我极端地偏爱他们、偏袒他们，替他们买书包、买作业本。然而他们怕我、疏远我……

后来他们的母亲生病了，我们全班步行了二三十公里，赶到团部医院去要求献血。我住到了他们家里，每天替他们做饭，辅导他们功课，给他们讲故事听……可他们依然怕我、疏远我，甚至在他们瞪着三双大眼睛听我讲故事的时刻……

后来我调到团宣传股去了。离开连队那一天，许多人围着马车送我。我发现我的三个学生的母亲，默默地闪在人墙后，似在看着我，又不似……老板子发出赶马的吆喝声后，我见她双手将三个孩子往前一推，于是我听到他们齐声说出的一句话是："老师再见！"顿时我泪如泉涌……当年，我们连自己都不会保护自己，更遑论善于保护他人。这样想，虽然能使我心中的悔不再像难愈的伤口仍时时渗血，但却不能使当年发生的事像根本没发生过一样……

如今二十多载过去了,心上的悔如牛痘结了痂,其下生长出了一层新嫩的思想——人对人的爱心应是高于一切的,是社会起码的也是必要的原则。当这一原则遭到歪曲时,人不应驯服为时代的奴隶。获得这一种很平凡的思想,我们当年付出了怎样的代价啊!……

孩子和雁

在北方广袤的大地上，三月像毛头毛脚的小伙子，行色匆匆地奔过去了。几乎没带走任何东西，也几乎没留下明显的足迹。北方的三月总是这样，仿佛是为躲避某种纠缠而来，仿佛是为摆脱被牵挂的情愫而去，仿佛故意不给人留下印象。这使人联想到徐志摩的诗句"我挥一挥衣袖，不带走一片云彩"。北方的三月，天空上一向没有干净的云彩；北方的三月，"衣袖"一挥，西南风逐着西北风。然而大地还是一派融冰残雪处处覆盖的肃杀景象……

现在，四月翩跹而至了。

与三月比起来，四月像一位低调处世的长姐。其实，北方的四月只不过是温情内敛的呀。她把她对大地那份内敛而又庄重的温情，预先储存在她所拥有的每一个日子里。当她的脚步似乎漫不经心地徜徉在北方的大地上,北方的大地就一处处苏醒了。大地嗅着她春意微微的气息,开始了它悄悄的一天比一天生机盎然的变化。天空上仿佛陈旧了整整一年的、三月不爱搭理的、吸灰棉团似的云彩,被四月的风一片一片地抚走了,也不知抚到哪里去了。四月吹送来了崭新的干净的云彩。那可能是四月从南方吹送来的云彩,白而且蓬软似的。又仿佛刚在南方清澈的泉水里洗过,连拧都不曾拧一下就那么松松散散地晾在北方的天空上了。除了山的背阳面,别处的雪是都已经化尽了。凉沁沁亮汩汩的雪水,一汪汪地渗到泥土中去了。河流彻底地解冻了,小草从泥土中钻出来了,柳枝由脆变柔了,树梢变绿了。还有,一队一队的雁,朝飞夕栖,也在四月里不倦地从南方飞回北方来了……

在北方的这一处大地上有一条河,每年的春季都在它折了一个直角弯的地方溢出河床,漫向两岸的草野。于是那河的两岸,在四月里形成了近乎水乡泽国的一景,那儿是北归的雁群喜欢落宿的地方。

离那条河二三里远,有个村子,是普通人家的日子都过得很穷的村子。其中最穷的人家有一个孩子,那孩子特别聪明,那特别聪明的孩子特别爱上学。

他从六七岁起就经常到河边钓鱼。他十四岁那一年,也就是初二的时候,有一天爸爸妈妈又愁又无奈地告诉他——因为家里穷,不能供他继续上学了……

这孩子就也愁起来。他委屈,委屈而又不知该向谁去诉说。于是一个人到他经常去的地方，也就是那条河边去哭。不只大人们愁了委屈了如此，孩子也往往如此。聪明的孩子和刚强的大人一样，只在别人不常去而又似乎仅属于自己的地方独自落泪。

那正是四月里某一天的傍晚。孩子哭着哭着，被一队雁自晚空徐徐滑翔下来的优美情形吸引住了目光。他想他还不如一只雁，小雁不必上学，不是也可以长成一只双翅丰满的大雁吗？他甚至想，他还不如死了的好……

当然，这聪明的孩子没轻生。他回到家里后，对爸爸妈妈郑重地宣布：他还是要上学读书，争取将来做一个有知识有文化的人。爸爸妈妈就责备他不懂事。而他又说："我的学费，我要自己解决。"爸爸妈妈认为他在说赌气话，并不把他的话放在心上。但那一年，他却真的继续上学了。而且，学费也真的是自己解决的。也是从那一年开始，最近的一座县城里的某些餐馆，菜单上出现了"雁"字。不是徒有其名的一道菜，而的的确确是雁肉在后厨的肉案上被切被剁，被炸被烹……雁都是那孩子提供的。后来《野生动物保护法》宣传到那座县城里了，唯利是图的餐馆的菜单上，不敢公然出现"雁"字了。但狡猾的店主每回悄问顾客："想换换口味儿吗？要是想，我这儿可有雁肉。"倘若顾客反感，板起脸来加以指责，店主就嘻嘻一笑，说开句玩笑嘛，何必当真！倘若顾客闻言眉飞色舞，显出一脸馋相，便有新鲜的或冷冻的雁肉，又在后厨的肉案上被切被剁。四五月间可以吃到新鲜的，以后则只能吃到冷冻的了……

雁仍是那孩子提供的。斯时那孩子已经考上了县里的重点高中。他在与餐馆老板们私下交易的过程中，学会了一些他认为对他来说很必要的狡猾。

他的父母当然知道他是靠什么解决自己的学费的。他们曾私下里担心地告诫他："儿呀，那是违法的啊！"他却说："违法的事多了。我是一名优秀学生，为解决自己的学费每年春秋两季逮几只雁卖，法律就是追究起来，也会网开一面的。""但大雁不是家养的鸡鸭鹅，是天地间的灵禽，儿子你做的事罪过呀！""那叫我怎么办呢？我已经读到高中了。我相信我一定能考上大学，难道现在我该退学吗？"见父母被问得哑口无言，又说："我也知道我做的事不对，但以后我会以我的方式赎罪的。"

那些与他进行过交易的餐馆老板们，曾千方百计地企图从他嘴里套出"绝招"——他是如何能逮住雁的？"你没有枪。再说你送来的雁都是活的，从没有一只带枪伤的。所以你不是用枪打的，这是明摆着的事儿吧？""是明摆着的事儿。""对雁这东西，我也知道一点儿。如果它们在什么地方被枪打过了，哪怕一只也没死伤，那么它们第二年也不会落在同一个地方了，对不？""对。""何况，别说你没枪，全县谁家都没枪啊。但凡算支枪，都被收缴了。哪儿枪声一响，其后公安机关肯定详细调查。看来用枪打这种念头，也只能是想想罢了。""不错，只能是想想罢了。""那么用网罩行不行？""不行。雁多灵警啊。不等人张着网挨近它们，它们早飞了。""下绳套呢？""绳粗了雁就发现了。雁的眼很尖。绳细了，即使套住了它，它也能用嘴把绳啄断。""那就下铁夹子！""雁喜欢落在水里，铁夹子怎么设呢？碰巧夹住一只，一只惊一群，你也别打算以后再逮住雁了。""照你这么说就没法子了？""怎么没法子，我不是每年没断了送雁给你吗？"

"就是呀。讲讲，你用的是什么法子？"

"不讲。讲了怕被你学去。"

"咱们索性再做一种交易。告诉我给你五百元钱。"

"不。"

"那……一千！一千还打不动你的心吗？"

"打不动。"

"你自己说个数！"

"谁给我多少钱我也不告诉。如果我为钱告诉了贪心的人，那我不是更罪过了吗？"

他的父母也纳闷地问过，他照例不说。

后来，他自然顺利地考上了大学。而且第一志愿就被录取了——农业大学野生禽类研究专业，是他如愿以偿的专业。

再后来，他大学毕业了，没有理想的对口单位可去，便"下海从商"了。他是中国最早"下海从商"的一批大学毕业生之一。

如今，他带着他凭聪明和机遇赚得的五十三万元回到了家乡。他投资改造了那条河流，使河水在北归的雁群长久以来习惯了中途栖息的地方形成一片面积不小的人工湖。不，对北归的雁群来说，那儿已经不是它们中途栖息的地方了，而是它们乐于度夏的一处环境美好的家园了。

他在那地方立了一座碑——碑上刻的字告诉世人，从初中到高中的五年里，他为了上学，共逮住过五十三只雁，都卖给县城的餐馆被人吃掉了。

他还在那地方建了一幢木结构的简陋的"雁馆"，介绍雁的种类、习性、"集体观念"等一切关于雁的趣事和知识。在"雁馆"不怎么显眼的地方，摆着几只用铁丝编成的漏斗形状的东西。

如今，那儿已成了一处景点，去赏雁的人渐多。

每当有人参观"雁馆"，最后他总会将人们引到那几只铁丝编成的漏斗形状的东西前，并且怀着几分罪过感坦率地告诉人们——他当年就是用那几种东西逮雁的。他说，他当年观察到，雁和别的野禽有些不同。大多数野禽，降落以后，翅膀还要张开着片刻才缓缓收拢。雁却不是那样。雁双掌降落和翅膀收拢，几乎是同时的。结果，雁的身体就很容易整个儿落入经过伪装的铁丝"漏斗"里。因为没有什么伤痛感，所以中计的雁一般不至于惶扑，雁群也不会受惊。飞了一天精疲力竭的雁，往往将头朝翅下一插，怀着几分奇怪大意地睡去。但它第二天可就伸展不开翅膀了，只能被雁群忽视地遗弃，继而乖乖就擒……之后，他又总会这么补充一句："我希望人的聪明,尤其一个孩子的聪明,不再被贫穷逼得朝这方面发展。"那时,人们望着他的目光里,便都有着宽恕了……

在四月或十月,在清晨或傍晚,在北方大地上这处景色苍野透着旖旎的地方,常有同一个身影久久伫立于天地之间,仰望长空,看雁队飞来翔去,听雁鸣阵阵入耳,并情不自禁地吟他所喜欢的两句诗:"风翻白浪花千片,雁点青天字一行。"

便是当年那个孩子了。

人们都传说——他将会一辈子驻守那地方的……

羊皮灯罩

此刻,羊皮灯罩拎在女人手里,女人站在灯具店门外,目光温柔地望着马路对面。过街天桥离地不远横跨马路。天桥那端的台阶旁是一家小小的理发铺。理发铺隔壁,是一间更小的板房,也没悬挂什么牌匾,只在窗上贴了四个红字"加工灯罩"。窗子被过街天桥的台阶斜挡了一半,从女人所伫立的地方,其实仅可见"加工"二字。

女人望着的正是那扇窗,目光温柔且有点儿羞赧,还有点儿犹豫不决。她已经驻足相望了一会儿了。她似乎无视马路上的不息车流,耳畔似乎也听不到都市的喧杂之声。分明,她不但在望着,内心里也在思忖着什么。

这一天是情人节。

女人另一只手拿着一枝玫瑰。

太阳在天空的位置刚刚西偏。一个难得的无风的好天气。春节使过往行人的脚步变得散漫了，样子也都那么悠闲。再过几天，就是这女人二十九岁生日了。在城市里，尤其大都市里，二十九岁的女人，倘容貌标致，倘又是大公司的职员，正充分地挥发着"白领丽人"既妩媚又成熟的魅力。

这二十九岁的来自乡下的女人，虽算不上容貌标致，但却幸运地有着一张颇经得住端详的脸庞。那脸庞上此刻也呈现着一种乡下水土所养育的先天的妩媚，也隐书着城市生活所造就的后天的成熟。只不过她这一辈子怕是永远与"白领丽人"四字无缘了。因为她在北京这座全中国生存竞争最为激烈的大都市拼打了十余年，刚刚拼打出一小片属于自己的天地——一个雇了两名闯北京的乡下打工妹的小小包子铺。在那两名打工妹心目中，她却是成功人士，是榜样。她的业绩对她们的人生起着她自己意想不到的鼓舞作用。

她今天穿的是她平时舍不得穿的一套衣服。确切地说那是一套咖啡色的西服套装。对于一个二十九岁的女人，咖啡色是一种既不至于使她们给人以轻浮印象，也不至于看去显得老气的颜色。而黑色的弹力棉长袜，使她挺拔的两条秀腿格外引人注目。她脚上穿的是一双半高跟的靴子，脸上化着淡淡的妆。总之在北京二月这一个朗日，在知名度越来越高地影响着中国人的情人节的下午，这一个左手拎着一盏羊皮灯罩，右手拿着一枝红玫瑰，目光温柔且羞赧地望着马路对面那扇窗的，开家小小包子铺雇两名乡下打工妹的二十九的女人，要踏上离她不远的过街天桥"解决"一件对女人来说比男人尤其重大的事情。那件事有的人叫作"爱"，有的人叫作"婚姻"。

其实她并不犹豫什么，也对结果抱着感觉特别良好的预期。她非是一个脱离现实的女人。北京对她最有益的教诲那就是任何时候任何情况之下，都千万别变成一个脱离现实的人而自己懵懂不悟。她那一种感觉特别良好的预期，是马路对面那扇窗内的一个男人，不，一个青年的眼睛告诉给她的。尽管她比他大五岁，她却深信他们已心心相印。那是一双怎样的眼睛啊！充满自尊，也有点忧郁。对于那样一双眼睛，爱是无须用话语表达的。

灯具店的售货员要将她买了的羊皮灯罩包起时，她说不用。

"拎到马路对面去进行艺术雕刻吧？"

她点了一下头，一时的脸色绯红。

"凡是到我们这儿买这一种羊皮灯罩的，十有六七都拎到马路对面去加工。那小伙子特有艺术水平，不愧是专科艺术院校的学生。唉，可惜了，要不哪会沦落到那种……"

她怕被售货员姑娘看出自己脸红了，拎起羊皮灯罩赶紧离开。

一男一女从那小屋走出，女人所拎和她买的是一模一样的羊皮灯罩。女人将灯罩朝向太阳擎举起来，转动着，欣赏着。男人一会儿站在女人左边，一会儿站在女人右边，一会儿又站在女人背后，也从各个角度欣赏。隔着马路，她望不到人家那羊皮灯罩上究竟刻着什么图案或字，却想象得到，对着太阳的光芒欣赏，一定会给人一种比灯光更美好的效果。艺术加工过的羊皮灯罩，内面是衬了彩纱的。或红，或粉，或紫，或绿，各色俱全，任凭选择。那男人一手搂在女人肩上，当街在女人颊上吻了一下。她想，如果他们不满意，是不会当街有那么情不自禁的举动的。于是她内心替那扇窗里的青年感到欣慰，甚而感到自豪。望着那一对男女坐入出租车，她不再思忖什么，迈着轻快的步子踏上了天桥台阶……

半年前的某日她到工商局去交税，路过马路对面那扇窗。突然，玻璃从里边被砸碎了，吓了她一大跳，紧接着传出一个男人的叫嚷声："你算什么东西？你怎么敢不经我们的许可给加了一个'、'？！你今天非得用数倍的钱赔我这灯罩不可！因为我的精神也受损失了！……"

于是很多行人停住了脚步。她也停住了脚步，但见小屋内一个衣着讲究的男人，正对一个坐在桌后的青年气势汹汹。男人身旁是一个脂粉气浓的女人，也挑眉瞪眼地煽风点火："就是，就是，赔！至少得赔五倍的钱……"

坐在桌后的青年镇定地望着他们，语调平静而又不卑不亢地说："赔是可以的。赔两个灯罩的钱也是可以的。但是赔五个灯罩的钱我委实赔不起，那我这一个月就几乎一分不挣了……"

同是外乡闯北京之人，她不禁同情起那青年来，也被那青年清秀的脸和脸上镇定的不卑不亢的神情所吸引。在北京，在她看来，许许多多男人的脸，都不同程度地存在着酒色财气浸淫和污染的痕迹，有的更因是权贵是富人而满脸傲慢和骄矜，有的则因身份卑下而连同形象也一块儿猥琐了，或因心术不正欲望邪狞而样子可恶。她对眼前大都市里的形形色色的男人形形色色的脸已极富经验，但那青年的脸是多么清秀啊！多么干净啊！是的，清秀又干净。她只有小学五年级文化。"清秀"和"干净"四字，是她头脑中所存有的对人的面容的最高评语。她认为她动用了那最高评语是恰如其分的。

人们渐渐地听明白了——那一对男女要求那青年在他们的羊皮灯罩上完完整整地刻下苏轼的一首什么似花非花的词，而那青年把其中一句用标点断错了。一位老者开口为青年讨公道。他说："没错。苏轼这一首词，是和别人词的句式作的。'恨西园、落红难缀'一句，之间自古以来就是断开的。"

那青年说："我就是这么告诉他们的。"语调仍平静得令人肃然起敬。

那男人指着老者说："你在这儿充的什么大瓣蒜，一边儿去。没你说话的份儿！"——他口中朝人们喷过来阵阵酒气。

老者说："我不是大瓣蒜。我是大学里专教古典诗词的教授。教了一辈子了。"

那女人说："我们是他的上帝！上帝跟他说话，他连站都不站起来一下！一个外地乡巴佬，凭点儿雕虫小技在北京混饭吃，还摆的什么臭架子！"

这时，理发铺里走出了理发师傅。理发师傅说："刚才我正理着发，离不开。"说着，他进入小屋，将挡住那青年双腿的桌子移开了。那青年的两条裤筒竟空荡荡的……

理发师傅又说："他能站得起来吗？他每天坐这儿，是靠几位老乡轮流背来背去的！他怕没法上厕所，整天都不敢喝口水！……"在众人谴责目光的咄咄盯视之下，那一对男女无地自容，拎上灯罩悻悻而去。有人问："给钱了吗？"青年摇头。有人说："不该这么便宜了他们！"青年笑笑，说跟一个喝醉了的人，有什么可认真的呢？……

她从此忘不掉青年那一张清秀而又干净的脸了。后来她就自己给自己制造借口，经常从那扇窗前过往。每次都会不经意似的朝屋里望上一眼……再后来，每天中午，都会有一名打工妹，替她给他送一小笼包子。她亲手包的，亲手摆屉蒸的……再再后来，她亲自送了。并且，在他的小屋里待的时间越发地长了……终于，他们以姐弟亲昵相称了……

二十九岁的这一个女人，因为迟迟地还没做妻子，已经有点儿缺乏回家乡的勇气了。二十九岁的这一个女人，虽然迟迟地还没做妻子，却有过一些性的经历了。某种情况之下是自己根本不情愿的；某种情况之下是半推半就的。前种情况之下是为了生意得以继续；后种情况是由于心灵的深度寂寞……

现在，她决定做妻子了。她不在乎他残疾，深信他也不会在乎她比他大五岁。她此刻柔情似水。踏下天桥,站在那小屋门外时,却见里边坐的已不是那青年,而是别的一个青年。

人家告诉她,他"已经不在了"。他在大学三年级时不幸患了骨癌,截去了双腿。他来到北京,就是希望减轻家里的经济负担,靠自己的能力医治自己的病,可癌症还是扩散了……

人家给了她一盏羊皮灯罩,说是他留给她的,说他"走"前,撑持着为她也刻下了那首什么似花非花的词……

二十九岁的这一个外省的乡下女人,顿时泪如泉涌……

不久,她将她的包子铺移交给两名打工妹经营,只身回到乡下去了;很快她就结婚了,嫁给了一个四十多岁的二茬光棍。在她的家乡那一农村,二十九岁快三十岁的女人,谈婚论嫁的资本是大打折扣的。一年后她生了一个男孩儿,遂又渐渐变成了农妇。刻了什么似花非花词的羊皮灯罩,从她结婚那一天起,一直挂着,却一直未亮过。那村里的人都舍不得钱交电费,电业所把电线绕过村引开去了……

那羊皮灯罩已落满灰尘。

又变成了农妇的这一个女人,与村里所有农妇不同的是,每每低吟一首什么似花非花的词。只吟那一首,也只知道世上有那么一首词。吟时,又多半是在奶着孩子。每吟首尾,即"似花还似非花,也无人惜从教坠"和"细看来,不是杨花,点点是离人泪"二句,必泪潸潸下,滴在自己乳上,滴在孩子小脸上……

毛虫之死

一条毛虫躲在一片树叶下虔诚忏悔，它决心从此不再是害虫。它向往着变成一只蝴蝶。它知道，由一条令人厌恶的毛虫变成一只非常美丽的蝴蝶，并非幻想。许多毛虫不是已经变成蝴蝶了吗？这是生物界的一个法则呀！想到这一点，它对自己充满了信心。于是，这条毛虫又进而想到了一旦变为蝴蝶之后的种种幸福：受人赞美，自由飞舞，获得爱情等。

"我不再吃树叶了。"它想，"我不再拽着一根蛛丝打秋千，使行人害怕了。"

它还想到了自己以前做过的种种坏事。它内心感到一种忏悔的又惭愧又愉悦的激情。能有机会进行忏悔，这是多么幸运的事啊！

"让我快快变为一只蝴蝶吧！"它不禁地大声说道。

一只蝉也趴在这棵树的一片叶上沉痛思过。它不晓得自己到底被人们视为益虫还是害虫；它不像毛虫那么难看；它还会唱歌，虽然永远唱的是同一支歌。而且它蜕的壳还可以入药。从这个角度想，它认为自己似乎应该算益虫。但是它也吃树叶，并且绝不比一条毛虫吃得少。

"我肯定不应被视为害虫，要说我是不完美的益虫还算公正。啊，谁又不愿使自己完美呢？"它一边嚼着树叶一边想，觉得自己在忏悔的时候能产生这样的想法是很高尚的。

它发现了那条不吃也不动的毛虫，奇怪地问："老弟，你在想什么？"

毛虫回答："我在忏悔。"

蝉又问："你也想'重新做人'吗？"

毛虫回答："是的，我不再吃树叶了，我要变成一只蝴蝶。"

蝉听了毛虫的话，暗想："连毛虫也开始进行忏悔了，可见将来害虫不多了。害虫少了，人就会注意到像我这样的好坏难说的虫类，也许会将我列为害虫以消灭的……"

它瞻念前程，不寒而栗。

蝉忽然想到什么主意，飞走了。

蝉去找啄木鸟。它首先向啄木鸟表示一番忏悔，说自己如何如何要开始做彻底的、完美的益虫。接着向啄木鸟告发：有一条毛虫正在残害树木。

啄木鸟对蝉的忏悔大加赞扬，问："你肯带我去消灭那条毛虫吗？"

蝉说："当然。我要从此与一切害虫划清界限。"

于是，蝉引导着啄木鸟飞回到那棵树上，将毛虫隐藏的树叶指给啄木鸟看。啄木鸟扑过去，一口就将毛虫连同它的愿望吃掉了。啄木鸟还向所有的鸟类宣传——蝉是完美的彻底的益虫。啄木鸟的话是很有权威很有影响力的，鸟儿们都接受了它的宣传。鸟儿们已然如此，虫类便也开了一个庄严的会，郑重宣布全体承认蝉为益虫，还因告发过一条毛虫，向它颁发了一枚奖章……

玉顺嫂的股

九月出头，北方已有些凉。

我在村外的河边散步时，晨雾从对岸铺过来。庄稼地里，割倒的苞谷秸不见了，一节卡车的挂斗车厢也被隐去了轮，像江面上的一条船。

这边的河岸蓁生着狗尾草，草穗的长绒毛吸着显而易见的露珠，刚浇过水似的。四五只红色或黄色的蜻蜓落在上边，翅子低垂，有一只的翅膀几乎是在搂抱着草穗。它们肯定昨晚就那么落着了，一夜的霜露弄湿了翅膀，分明也冻得够呛。不等到太阳出来晒干双翅，大约是飞不起来的。我竟信手捏住了一只的翅膀，指尖感觉到了微微的水湿。可怜的小东西们接近着麻木了，由麻木而极其麻痹。那一只在我手中听天由命地缓缓地转动着玻璃球似的头，我看着这种世界上眼睛最大的昆虫因为秋寒到来而丧失了起码的警觉，一时心生出忧伤来。"穿花蛱蝶深深见，点水蜻蜓款款飞"的季节过去了，它们的好日子已然不多，这是确定无疑的。它们不变得那样还能怎样呢？我轻轻将那只蜻蜓放在草穗上，而小东西随即又垂拢翅膀搂抱着草穗了。河边土地肥沃且水分充足，狗尾草占尽生长优势，草穗粗长，草籽饱满，看去更像狗尾巴了。

"梁先生……"我一转身，见是个少年。雾已漫过河来，他如在云中，我也是。我在村中见到过他。

我问："有事？"

他说："我干妈派我，请您到她家去一次。"

我又问："你干妈是谁？"

他腼腆了，讷讷地说："就是……就是……村里的大人都叫她玉顺嫂那个……我干妈说您认识她……"

我立刻就知道他干妈是谁了。

这是个极寻常的小村，才三十几户人家，不起眼。除了村外这条河算是特点，此外再没什么吸引人的方面。我来到这里，是由于盛情难却。我的一位朋友在此出生，他的老父母还生活在村里。村里有一位民间医生善推拿，朋友说治颈椎病是他的"绝招"。我每次回哈尔滨，那朋友是必定得见的。而每次见后，他总是极其热情地陪我回来治疗颈椎病。效果姑且不谈，其盛情却是只有服从的。算这一次，我已来过三次，已认识不少村人了。玉顺嫂是我第二次来时认识的——那是冬季，也在河边。我要过河那边去，她要过河这边来，我俩相遇在桥中间。

"是梁先生吧？"——她背一大捆苞谷秸，望着我站住，一脸的虔敬。

我说是。她说要向我请教问题。我说那您放下苞谷秸吧。她说背着没事儿，不太沉，就几句话。

"你们北京人知道的情况多，据你看来，咱们国家的股市，前景到底会怎么样呢？"

我不由一愣，如同鲁迅在听祥林嫂问他：人死后究竟是有灵魂的吗？

她问得我心里咯噔一下。我是从不炒股的。然每天不想听也会听到几耳，所以也算了解点儿情况。

我说："不怎么乐观。"

"是么？"——她的双眉顿时紧皱起来了。同时，她的身子似乎顿时矮了，仿佛背着的苞谷秸一下子沉了几十斤。那不是由于弯腰所致，事实上她仍尽量在我面前挺直着腰。给我的感觉不是她的腰弯了，而是她的骨架转瞬间缩巴了。

她又说："是么？"——目光牢牢地锁定我，竟有些发直，我一时后悔。

"您……也炒股？"

"是啊，可……你说不怎么乐观是什么意思呢？不怎么好？还是很糟糕？就算暂时不好，以后必定又会好的吧？村里人都说会的。他们说专家们一致是看好的。你的话，使我不知该信谁了……只要沉住气，最终还是会好的吧？"

她一连串的发问，使我根本无言以对，也根本料想不到，在这么一个仅三十几户人家的小村里，会一不小心遇到一名股民，还是农妇！

我明智地又说："当然，别人的看法肯定是对的……至于专家们，他们比我有眼光。我对股市行情太缺乏研究，完全是外行，您千万别把我的话当回事儿……否极泰来，否极泰来……"

"我不明白……"

"就是……总而言之，要镇定，保持乐观的心态是正确的……"我敷衍了几句，匆匆走过桥去，接近着逃掉。

在朋友家，他听我讲了经过，颇为不安地说："肯定是玉顺嫂，你说了不该那么说的话……"

朋友的老父母也不安了，都说那可咋办，那可咋办？

朋友告诉我，村里人家多是王姓，如果从爷爷辈论，皆五服内的亲戚关系，也皆闯关东的山东人后代，祖父辈的人将五服内的亲戚关系带到了东北。排论起来，他得叫玉顺嫂姑。只不过，如今不那么细论了，概以近便的乡亲关系相处。三年前，玉顺嫂的丈夫王玉顺在自家地里起土豆时，一头栽倒死去了。那一年他们的儿子在上技校，他们夫妻已攒下了八万多元钱，是预备翻盖房子的钱。村里大部分人家的房子都翻盖过了，只她家和另外三四家住的还是从前的土坯房。丈夫一死，玉顺嫂没了翻盖房子的心思。偏偏那时，村里人家几乎都炒起股来。村里的炒股热，是由一个叫王仪的人煽呼起来的。那王仪曾是某大村里的中学的老师，教数学，且教得一向极有水平，培养出了不少尖子生，他们屡屡在全县甚至全省的数学竞赛中取得名次及获奖。他退休后，几名考上了大学的学生表达师恩，凑钱买了一台挺高级的笔记本电脑送给他。不知从何日起，他便靠那台电脑在家炒起股来，逢人每喜滋滋地说：赚了一笔又赚了一笔。村人们被他的话拨弄得眼红心动，于是有人就将存款委托给他代炒。他则一一爽诺，表示肯定会使乡亲们都富起来。委托之人渐多，玉顺嫂最终也把持不住欲望，将自家的八万多元钱悉数交付给他全权代理了。起初人们还是相信他经常报告的好消息的。但消息再闭塞的一个小村，还是会有些外界的情况说法挤入的。于是有人起疑了，天天晚上也看起电视里的财经频道来。以前，人们是从不看那类频道的，每晚只选电视剧看。开始看那类频道了，疑心难免增大，有天晚上大家便相约了到王仪家郑重"咨询"。王仪倒也态度老实，坦率承认他代每一户人家买的股票全都损失惨重。还承认，其实他自己也将他们两口子多年辛苦挣下的十几万元全赔进去了。他煽呼大家参与炒股，是想运用大家的钱将自家损失的钱捞回来……

他这么替自己辩护："我真的赚过！一次没赚过我也不会有那种想法。我利用了大家的钱确实不对，但从理论上讲，我和大家双赢的可能也不是一点儿没有！"

愤怒了的大家哪里还愿多听他"从理论上"讲什么呢？

就在他家里，当着他老婆孩子的面，委托给他的钱数大或较大的人，对他采取了暴烈的行动，把他揍得也挺惨。即使对于农民，当今也非仓里有粮，心中不慌的时代，而同样是钱钞为王的时代了。他们是中国挣钱最不容易的人。明知钱钞天天在贬值已够忧心忡忡的，一听说各家的血汗钱几乎等于打了水漂儿，又怎么可能不急眼呢？兹事体大，什么"五服"内"五服"外的关系，当时对于拳脚丝毫不是障碍了。第二天王仪离家出走了，以后就再没在村里出现过。他的家人说，连他们也不知他的下落了。各家惶惶地将所剩无几的股渣清了仓。

从此，这小村的农民们闻股变色，如同真实存在的股市是真真实实的蟒蛇精，专化形成性感异常的美女，生吞活咽幻想"共享富裕"的人。但人们转而一想，也就只有认命。可不嘛，些个农民炒的什么股呢？说到底自己被忽悠了也得怨自己，好比自己割肉喂猛兽了，而且是猛兽并没扑向自己，自己主动割上赶着喂的，疼得要哭叫起来也只能背着人哭到旷野上去叫呀！

有的人，一见到或一想到玉顺嫂，心里还会备受道义的拷问与折磨——大家是都认命清仓了，却唯独玉顺嫂仍蒙在鼓里！仍在做着股票升值的美梦！仍整天沉浸于她当初那八万多元已经涨到了二十多万元的幸福感之中。告诉她八万多元已损失到一万多元了也赶紧清仓吧，于心不忍，怕死了丈夫不久的她承受不住真话的沉重打击；不告诉呢，又都觉得自己简直不是人了！我的朋友及他的老父母尤其受此折磨，因为他们家与玉顺嫂的关系真的在"五服"之内，是更亲近的。

朋友正讲着，玉顺嫂来了。朋友一反常态，当着玉顺嫂的面一句接一句数落我，极尽讽刺挖苦之能事，无非说我这个人一向不懂装懂，自以为是，由于长期被严重的颈椎病所纠缠，看什么事都变成了不可救药的悲观主义者云云。朋友的老父母也参与演戏，说我也曾炒过股，亏了几次，所以一谈到股市心里就没好气，自然念衰败经。我呢，只有嘿嘿讪笑，尽量表现出承认自己正是那样的。

玉顺嫂是很容易骗的女人。她高兴了，劝我要多住几天。说大冬天的，按摩加上每晚睡热乎乎的火炕，颈椎病会有减轻。我说是的是的，我感觉痛苦症状减轻多了，这个村简直是我的吉祥地……

玉顺嫂走后，我和朋友互相看看，良久无话。我想苦笑，却连一个苦的笑都没笑成。朋友的老父母则都喃喃自语。一个说："这算干什么？这算干什么……"另一个说："往后还咋办？还咋办……"

我跟那礼貌的少年来到玉顺嫂家，见她躺在炕上。她一边坐起来一边说："还真把你给请来了，我病着，不下炕了，你别见怪啊……"那少年将桌前的一把椅子摆正，我看出那是让我坐的地方，笑笑，坐了下去。我说不知道她病了，如果知道，会主动来探望她的。她叹口气，说她得了风湿性心脏病，一检查出来已很严重，地里的活儿是根本干不了啦，只能慢慢腾腾地自己给自己弄口饭吃了。

  我心一沉，问她儿子目前在哪儿。她说儿子已从技校毕业，在南方打工。知道家里把钱买成了股票后，跟她吵了一架，赌气又一走，连电话也很少打给她了。我心不但一沉，竟还疼了一下。她望着少年又说，多亏有他这个干儿子，经常来帮她做点儿事。接着问少年："是叫的梁先生吗？"我替少年回答是的，夸了他一句。玉顺嫂也夸了他几句，话题一转，说她是请我来写遗嘱的。我一愕，急安慰她不要悲观，不要思虑太多，没必要嘛。玉顺嫂又叹口气，坚决地说："有必要啊！你别安慰我了，安慰我的话我听多了，没一句能对我起作用的。何况你梁先生是一个悲观的人，悲观的人劝别人不要悲观，那更不起作用了！你来都来了，便耽误你点儿时间，这会儿就替我把遗嘱写完吧……"

  那少年从抽屉里取出纸、笔以及印泥盒，一一摆在桌上。在玉顺嫂那种充满信赖的目光的注视之下，我犹犹豫豫地拿起了笔。按照她的遗嘱，子虚乌有的二十二万多元钱，二十万元留给她的儿子，一万元捐给村里的小学，一万元办她的丧事，包括修修她丈夫的坟，余下三千多元，归她的干儿子……

  我接着替她给儿子写了封遗书，她嘱咐儿子务必用那二十万元给自己修一处农村的家园，说在农村没有了家园的农民的儿子，人生总归是堪忧的。并嘱咐儿子千万不要也炒股，那份儿提心吊胆的滋味实在不好……

我回到朋友家里,将写遗嘱之事一说,朋友长叹道:"我的任务总算完成了。希望由你这位作家替她写遗嘱,成了她最大的心愿……"我张张嘴,一个字也没说出来。序、家信、情书、起诉状、辩护书,我都替人写过不少。连悼词,也曾写过几次的。遗嘱却是第一次写,然而是多么不靠谱的一份遗嘱啊!值得欣慰的是,同时代人写了一封语重心长的遗书,一位母亲留给儿子的遗书,一封对得住作家的文字水平的遗书……这么一想,我心情稍好了点儿。

第二天下起了雨。第三天也是雨天。第四天上午,天终于放晴,朋友正欲陪我回哈尔滨,几个村人匆匆来了,他们说玉顺嫂死在了炕上。朋友说:"我不能陪你走了……"他眼睛红了。我说:"那我也留下来送玉顺嫂入土吧,我毕竟是替她写过遗嘱的人。"

村人们凑钱将玉顺嫂埋在了她自家的地头她丈夫的坟旁,也凑钱替她丈夫修了坟。她儿子没赶回来,唯一能与之联系的手机号码被告知停机了。

没人敢做主取出玉顺嫂的股钱来用,怕被她那脾气不好的儿子回来时问责,惹出麻烦。那是一场极简单的丧事,却还是有人哭了。丧事结束,我见那少年悄悄问我的朋友:"叔,干妈留给我的那份儿钱,我该跟谁要呢?"朋友默默看着少年,仿佛聋了,哑了。他求助地将目光望向我。我胸中一大团纠结,郁闷得有些透不过气来,同样不知说什么好。

路边草丛之下,遍地死蜻蜓。一场秋雨一场寒……

孩子·驴子和水

那是一头漂亮驴子。三岁多了，能干不少活儿了。

驴子属于牲畜。

如果将迄今为止的中国历史数字化，则可以这么说，此前十之七八的历史是农业史。当然，全人类的历史也是如此。

在漫长的农业时期，牛马骡驴四类能帮人干活的牲畜，也被中国某些省份的农民叫作"牲口"。牲畜是世界性叫法，"牲口"是中国的特殊叫法。特殊就特殊在，视它们为另册的人口。在古代，评估一个农村大家族兴旺程度时，每言人口多少，"牲口"多少。"土改"划成分时，土地和"牲口"是两项主要依据。若一户农民分到了一头"牲口"，必会兴高采烈。

"牲口"实际上是对牲畜含有敬意的尊称。

在四类"牲口"中，驴子的地位排在最后。牛马骡的力气都比它大，它干不了的重活，对牛马骡来说都不是个事儿。通常情况下，驴的本职工作是拉碾子、磨或轻便的载物小车，代足。如果代足，骑它的大抵是女人、老人和孩子。大男子一般是不骑驴的，会觉得有失风度。若驴干的是第一种活儿，那时它是比较可怜的。怕它晕，人要将它的眼罩上。它围着磨盘或碾盘，转了一圈又一圈。即使很累了，人不喝它停止，它自己则不停止。往往，一干就是一天。秋季，需去壳的粮食多，一两个月内，它从早到晚被罩着眼，拉着沉重的碾石或磨扇一千圈又一千圈地转啊转的。它也往往充当拉大车的牛马骡的边套。驴那时是不惜力气的，实心实意地往前拉。可一卸了车，人首先将水桶和草料袋子拎向驾辕的牛马骡，待它们饮够了吃饱了，才轮到驴。人觉得，最辛苦的当然是驾辕的牲口。在"大牲口"中，驴一向被视为小字辈。如果牛马骡是自家的，且正当壮年，农民往往会以欣赏的目光望着它们，目光中有时甚至会流露着感激，却很少以那种目光看驴。

但，一个孩子却经常以欣赏的目光望着自家的驴，欣赏起来没个够。在他眼中，他家的驴好漂亮啊——兔耳似的一对耳朵，睫毛很长的眼睛，不宽不窄的头，不厚不薄的唇，肩部那条驴们特有的招牌式的深色条纹，直直的腿，完好的尚未受损的蹄……总之，在那孩子的眼中，他家的驴哪儿哪儿都漂亮，没有一处不耐看。

老水车旁的风景

十五岁的少年只从印刷品上见过牛和马,还没见过真的。至于骡,他仅仅会写那个字,都没从印刷品上见过。他也暗自承认印刷品上的牛和马皆很精神,各有各的风采。但它们是印在纸上的,不是他家的呀。而且,不论他还是他父母,都不敢想自己家里会有一头牛或一匹马。中国刚实行分田到户不久,全村哪一户人家都不敢做家有大牲口的中国梦。

那个村太小,在大山深处,东一户西一户的,几十户农家分散而居,围绕着面积有限的一片可耕地。不论每家的人多么勤劳,那么少的土地上打下的粮食从没使人们吃饱过。很早以前,农户更少,年光好的时候,据说吃饱饭还不成问题。后来,被迁到此处的农户多了(皆是别处成分不好或大人有什么政治问题的人家),全村就只能年年靠救济粮度日了。若无救济粮,谁家的日子都没法过。

然而那少年当年却是有自己的中国梦的,他正处在喜欢有梦想的年龄嘛。他家的驴是好的,他的梦想是它经常做母亲,每年都会生下小驴,一头头送给别人家,于是全村有了很多驴,家家都有了小驴车;女人、老人和孩子们,经常可以进县城了。十五岁那年的他,还没进过县城。进过县城的孩子是有数的几个,进县城是他的另一个中国梦。

他不可能不对别人说自己的梦想,首先听他说过的是他父亲。

"不许你再做那种大头梦!你也是驴脑子呀?还梦想着家家都养驴!人不喝水了呀?!"

父亲生气地一训，他就再也不在家里说他的梦想了。

对于一个少年，心有梦想是憋不住的。不久，老师和同学们也知道他的梦想了。同学们对他的梦想都持嘲笑的态度——和驴联系在一起的梦想，也能算是梦想吗？梦想应该是高级的想法嘛！老师却对他的梦想深有感触，鼓励他写出来。他就写了。几个月后，他家的驴出了名，他也出了名，因为他的梦想登在县里的文学刊物上了。同村的同学将此事在村中说开了，不仅他的父母，村里的大人都对他刮目相看了。

但是对那头驴，他父亲的既定方针并没改变——尽快卖掉。那也就意味着，县里某些饭馆的菜单上，会多了以"驴肉"二字吸引人眼球的菜名；县城里没有靠驴来干的什么活儿。村里的大人们也都认为，他父亲尽快那么做了，才不失为明智的一家之主。

分田到户时，那头驴出生不久。此前，它的母亲是队里重要的公共财富，为队里贡献了毕生力气，生下它没隔几天就病死了。它的父亲是另外一个队的牲口，被杀掉了，将肉分吃了。土地是可以分的，活驴没法分。小驴没人家愿要，都明白长大了谁家也养不起，驴的胃口并不比牛马骡小多少。单干了每家才分几亩地，庄稼活人就干得过来，何必非养一头驴？少年的父亲出于恻隐之心，将小驴牵回家了。果不其然，驴子后来给他家带来了很大的烦恼——全村人仅靠一口井解决饮用水问题，井水忽然变浅了。县里的地质专家给出的结论是，因为水层太薄，已快渗完了。解决方案是，需找准水层丰沛的地方，用钻井机再钻出一处深井，起码得钻一百几十米，也许还要深，并且要靠压水设备将水压上来。总之，在当年，少说得花十几万元。村里的人家生活都很困难，凑不了那么大数目的一笔钱，只得作罢。后来，井水更浅了，便每家轮流用水。轮到谁家，将孩子和桶靠滑轮吊下井去，一大碗一大碗地往桶里装水。每户人家斯时全家出动，将一切能盛水的东西都用上，轮到一次要一周多呢！倘缺水了，就得向别人家借水啊！

轮到那少年家时，他母亲曾将驴子也牵到井边。拽上的第一桶水先不往家里拎，而是先让驴子饮个够。那驴经常处于渴而无水可饮的情况，有几次都闯入屋里找水喝了。见着水，饮得像没个够似的。往往，一抬头，一小桶水已饮光了。有时村人看见了，心里便生气，又看见了，就光火了——"专家说水层都快渗不出水来了，那话你家人也听到的！还讲不讲点人道主义啦？"少年的母亲也生气了："到哪时说哪时，现在不是还有水吗？有水我就不能让我家的驴活活渴死！我家的驴还被别人家借去干过许多活儿呢，这又该怎么说？"

结果，就吵了起来。少年赶紧将驴牵回家去，他父亲则急忙跑到井那儿去制止自己的老婆，向对方谢罪。他父亲的内心里，也曾有过如儿子一样的梦想——造一辆小驴车，使自己的老婆儿子进县城变得容易些。没想到出了水的实际问题，梦想破灭了。自从发生了吵架事件，少年的父亲卖驴的想法更急迫了，只不过一时还找不到出价合理的买主。而少年，望着他眼中那头漂亮的驴子时，目光忧郁了，他变得心事重重了。有天夜里，他将驴牵到了井边，将长绳的一端系在驴身上，另一端系自己腰上，一手拎小桶，缓缓下到十几米深的井里。好在井壁并不平滑，突出着些石凸，可踏足。预先测准距离，并无危险。驴也听话，命它在哪儿站定，就老老实实站在哪儿，一动不动。待拎上半桶水，看着驴一口气饮光了，再下井。每次，驴都能饮光两小半桶。临走，还要拎回家半小桶水。那驴聪明，经过两次后，明白小主人的半夜行动是出于对它的爱心，以后就极配合了。因为半夜饮足了水，白天不那么渴了，不犯驴脾气了，干起活来格外有劲儿了。有天夜里下雪了，他也粗心大意了，留下了蹄印和足迹。天亮后，一些男人女人聚到了他家院门前，嚷嚷成一片，指责他家人偷水。

　　丢人啊！

　　但那种行为确实是偷嘛！

　　他母亲臊得不出屋，他父亲当众扇了他一耳光，保证当日就杀驴，驴肉分给每一家，算是谢罪。待人们散去，父亲一会儿磨刀，一会儿结绳套，瞪着驴，刚说完非把你杀了不可，叹口气又说，我下得了手吗？要不就吊死你！又瞪着少年吼，我一个人弄得死它吗？你必须帮我！

　　少年就流泪了。

　　驴也意识到问题严重了，大祸即将临头了，在圈内贴壁而站，惴惴不安。

那时村里出现了几名军人,是招兵的。为首的是位连长,被支书安排住到了他家。该县是贫困县,该村是贫困村。上级指示,招兵也应向贫困村倾斜,所以他们亲自来了。

天黑后,趁父母没注意,少年进入了连长住的小屋。

连长笑问:"想走我后门参军?那可不行。我住在你家里了也不能为你开后门。招兵是严肃的事,各方面必须符合条件。"

他哭了。说自己参得了军参不了军无所谓,尽管自己非常想参军——他哀求连长他们走时,将他家的驴买走,那等于救它一命。他夸他家的驴是一头多么多么能干活的驴,绝不会使部队白养的。

连长从枕下抽出两期杂志,又问:"发表在这上边的两篇关于驴的散文,是你写的?"

那时他已发表了他的第二篇散文,第二篇比第一篇反响更好。他点头承认了。连长是喜欢文学的人,杂志是在县里买的。二十世纪八十年代的中国,是文学很热的年代,那份杂志是县里的文化名片。

一位招兵的连长,一个贫困农村的少年,因为文学的作用忽然有了共同语言。

连长说:"你对你家的驴感情很深啊!"

他说:"它早已经是我朋友了。它为我家为别人家干了那么多活儿,人得讲良心。"

连长思忖着说:"是啊,完全同意你的话。"

由于家中住了一位连长，他爸暂且不提怎么弄死那头驴了。

而那少年，已过十八岁生日了，严格说属于小青年了。他和同村的几名小青年到县里一检查身体，都合乎入伍条件，于是都成了新兵。即将离村时，唯独他迟迟不出家门。连长迈进他家院子，见他抱着驴头在哭呢。

他父说："你倒是快走哇！"

他就跪下了，对父亲说："爸，千万别杀死我的朋友……我走了，不是等于省下一份给它喝的水了吗？……"

连长表情为之戚然，也说："老乡，告诉大家，我保证，一回到部队就号召捐款，争取能为你们村集到一笔够打机井的钱。"

连长和他刚走出院子，驴圈里猛响起一阵驴叫，听来像是驴也放声大哭了……

二〇一七年十二月某日，在一次扶贫题材的电视剧提纲讨论会上，一位转业后当起了影视投资公司项目主管的曾经的团长，讲了以上他和一头驴子的往事。

讨论会我也应邀参加了。

有人问："你们那个县现在情况如何了？"

他说还是贫困县，但已确实在发生一年比一年好的变化。

有人问："你们那个村呢？"

他说已有两口机井，不再缺水了；与县城之间，也有一条畅通的公路了。

导演问:"那头驴后来怎么样了?"

曾经的步兵团的团长,五十几岁的大老爷们儿,眼眶顿时湿了。他说,据他父亲讲,当年为了送一名难产的女人到县医院去,一路奔跑,累死在医院门前了。

他说,他无法证实父亲的话是真是假。既然村人们的口径一致,他宁愿相信真是那么回事。

"导演,请把我的朋友写到剧本中吧。没有它,我也许不会热爱上文学,也许不会有现在这一种人生。我一直在想用什么方式纪念它,人得讲良心,求你了……"

众人肃然。而且,愀然。

导演看着编剧说:"加上这个情节,必须。否则,咱们都成了没良心的人了,可咱们得成为讲良心的人!"

众人点头。

一只风筝的一生

这是春季里一个明媚的日子。阳光温柔，风儿和煦，鸟儿的歌唱此起彼伏。

一丛年轻的竹，在一户人家后院愉快地交谈。它们都正感觉一种生命蓬勃生长的喜悦，也都在预想和憧憬着它们的将来。有的希望做竹排，有的希望做桅杆，有的希望做家具，有的希望做工艺品……

还有一个说："我才不希望被做成另外的任何东西呢！我只想永远是我自己，永远是一棵竹！但愿我的根上不断长出笋，让我由一而十，而百，而生发成一片竹林……"

它的话音刚落，有一个男人握着砍刀走来。他是一个专门做风筝、卖风筝的男人。他这一天又要做一只风筝。

他上下打量那一丛年轻的竹。它们在他那种审视的目光下，顿时都紧张得瑟瑟发抖。

此刻，对那一丛年轻的竹而言，那个瘦小黧黑、其貌不扬的男人，乃是决定它们命运的上帝。他使它们感到无比怵畏。

他的目光终于定格在那棵"不希望被做成另外的任何东西"的竹了。他缓缓地举起了砍刀……

不待那棵竹做出哀求的表示，他已一刀砍下——在一阵如同呻吟的折断声中，它的枝叶似乎想要拽住另外那些竹的枝叶，然而它们都屏息敛气，尽量收缩起自己的枝叶避免受到牵连……

它无助地倒下了，然后被拖走了。

做风筝的男人将它剁为几段，选取了其中最满意的一段，接着将那一段劈开，砍成了无数篾子。

他只用几条篾子就熟练地扎成了一只风筝的骨架。其余的篾子都收入柜格中去了。而剩下的几段，已对他没什么用处了，被他的女人抱出去，散乱地扔在院子里，只等着晒干后当柴烧。

美丽的、蝶形的风筝很快做好了。它是用兜风性很好的彩绸裱糊成的。当做风筝的人欣赏着它的时候，风筝得意地畅想着——啊，我诞生了！我是多么漂亮多么轻盈啊！我要高高地飞翔……

后来，那风筝就被一位父亲替自己六七岁的儿子买去。在另一个明媚的日子里，父亲带着儿子将风筝放起来了。它越飞越高,越飞越高,飞到了一只真的蝴蝶根本不能达到的高度。他们还用彩纸叠了几只小花篮,一只接一只套在风筝线上,让风送向风筝……许多行人都不由得驻足仰头观望那只美丽的风筝。风筝也自高空朝地面俯瞰着。它更加得意了。

它对另一只风筝喊:"瞧,多少人被我的美丽和我达到的高度所吸引呀!我比你飞得高!"

"我比你飞得高!那些人是被我的美丽和我达到的高度所吸引的……"另一只风筝不服气起来。

"我飞得高!"

"我飞得高!"

"我美丽!"

"我比你美丽!我像蝴蝶,而你像什么呀!不过像一只普通的毛色单一的鸟儿罢了……"

于是,它们在空中争吵。

于是,它们都不顾风筝线的松紧,各自拼命往更高处升,都一心想超过对方的高度……

不幸得很,蝶形的风筝首先挣断了控制它高度和操纵它方向的线,从空中翻着筋斗坠落着……

一阵突起的大风将它刮走了……

翌日,一个女人站在自家窗前,若有所思地凝视着它——它被缠在电线上了……

几只麻雀——城市里司空见惯的、最普通毛色最单一的小东西也落在电线上。它们对那只美丽的、蝶形的风筝感到十分好奇，叽叽喳喳地评论它。不久开始啄它，还大不敬地往它上面拉屎……

第一场雨下起来了……

然后，风开始刮得尘土飞扬令人讨厌了……

被缠在电线上的风筝，湿了又干了，干了又湿了。它沾满尘土，变脏了……

最初它还能吸引一些人的目光。他们一旦发现它，都不禁驻足望它一会儿，都会说出一两句惋惜的话，或内心产生一些惋惜的想法。

风筝不但脏了，而且破了。它的竹篾编扎成的骨架暴露了，像鱼刺从一条烂鱼的皮下穿出来一样。

一旦发现它的人都赶紧低下头。它容易使人产生不好的联想了。只有麻雀们仍愿落近它，仍喜欢啄它。当然，更加肆无忌惮地往它上面拉屎。仿佛它越狼狈不堪，越使它们高兴似的。

还有那个女人，也一直天天隔窗关注着它由美变丑。

她是一位女散文家。那风筝触发了她的某种文思，于是不久她写成了一篇充满伤感意味的叹物散文发在报上。于是此篇散文一时被四处转载，被收入什么什么"散文精品文丛"之类。不久获奖。

女散文家用三千元奖金买了一套时装。

她的亲朋好友都说她穿上那一套时装显得气质特别端庄，特别高贵，总之是特别超凡脱俗。她穿着它出现在文化活动中的社交场合，甚至行走在路上时，常会招来刮目相看的目光。她也十分需要这个，这也能使她那颗女人的心获得极大的满足。她因此暗暗感激那只被电线缠住的风筝……不，更真实更准确地说，是暗暗感激"俘虏"了那只风筝的电线……

有一位摄影家，从报上读到了女散文家那篇散文，也从报上知道她那篇散文获奖了。

于是有一天，他挎着照相机，提着三脚架，按照她那篇散文提供的线索，来到了她家住的那一条街。男摄影家被女散文家以感伤的文字所描写的一只风筝由美变丑的过程所影响，来为那只不幸的风筝拍一张艺术照片。他的初念并没什么功利目的，只不过受到一种中年人常常会产生的感事伤怀的心绪的驱使，想以摄影的方式，抒发凭吊某一事物的忧郁情怀罢了。

他选好了角度，支牢三脚架，耐心地期待着光线的变化，连拍了一卷才离去。

他将胶卷冲洗出来惊喜地发现，有一张的意境拍得格外好。他在暗房中又进行了几次艺术处理，使那一张成了很独特的艺术照片。后来，他举办了一次个人摄影展。那张照片当然也放大了悬置其中，取题为《一只风筝的弥留之际》。他是位颇有名气的摄影家。参观的人不少。许多人都在《一只风筝的弥留之际》前沉思冥想，或故做沉思冥想状。其实那也算不上是一张怎样出色的照片，只不过令人看了觉得感伤忧郁罢了。

但当代人的问题是物质生活水平越高,心情越忧郁;精神生活内容越丰富,精神越空虚;越没多少值得感伤的事,越空前地感伤。这是一种时尚,一种时髦,一种病,一种互相传染而且没什么特效药可治的病。人们都觉得自己也处在弥留之际了似的,包括正年轻着的男女。

替摄影家操办摄影展的经纪人,从人们的神情中预测到了这一艺术照片的商业价值。他起先估得太低了。他让手下人暗中将出售标价牌为他偷来了,打算再加一个零,或再加两个零……

突然响起了一个孩子的哭叫声:"这是我的风筝!我到处找过它!我能认出这就是我那只风筝……"

这孩子曾因失去了那只风筝而非常难过。他和它之间似乎已存在着一种感情了。他央求他父亲替他将那摄影作品买下……当父亲的不忍拒绝儿子,领着儿子找到了那经纪人。经纪人伸出了一根指头。

"一千?"经纪人摇摇头,向那当父亲的出示标价牌——一千后已被加上一个零了。

孩子很懂事,知道这完全超出了父亲的经济实力,噙着泪,一步三回头地跟着父亲走了……

那摄影作品立即被一位"大款"买定。"大款"倒不太喜欢它。他喜欢的是当众在别人买不起时,自己一掷万金买下任何东西的那种感觉。

那摄影作品被一位"大款"以万金买定的事见了报。并且,此消息的报道配有那幅摄影作品。

女散文家那天一看报,当即给自己的代理律师拨通了电话——指出这是公然侵权,甚至是公然剽窃。因为摄影作品的构思,分明来自她那篇不但获奖还被收入"散文精品文丛"的散文……

于是一场"版权"官司又见报。寂寞的报界大喜过望,"炒"得个天翻地覆。那当父亲的看到了有关报道,心想——若说"版权","原始版权"是属于我的呀!

他同时起诉了女散文家和男摄影家,使得报界更加大喜过望。电台、电视台也不甘落后,分头进行采访。由于案例独特,律师界终于被诱上钩,自觉不自觉地卷入了大讨论。媒体推波助澜,使讨论发展成了辩论。于是有经济头脑的人,不失时机地就此事组织了一场法律系大学生的辩论大赛。于是学生们在电视里唇枪舌剑,势不两立。于是有人从中大发广告效益之财。于是引起一位杂文家对此现象的批评。于是引起另一位杂文家的措辞激烈的"商榷"。于是有人支持前者,有人支持后者,掀起了一场杂文大战,使各报战火弥漫、硝烟滚滚。于是引起一部分社会学家的忧患,而另一部分社会学家认为这一切其实很正常,大可不必杞人忧天……

第二年春天的一个日子里,在那一户人家后院,那一丛都长高了几节的年轻的竹子,又在愉快地交谈着……

"还记得咱那个不希望被做成另外的任何东西的兄弟

吗？可怜的家伙，结果落了个尸骨不全的下场！"

"嗨，你不提，我们早把它忘了！我一点也不同情它，谁叫它那么狂妄呢……"

那用完了竹篾的男人，又握着砍刀走来了。竹子们顿时全吓得悄无声息，连一片最小的叶子也不敢抖动一下……

又一只美丽的风筝将诞生了。又一根竹子四分五裂了。

许多种美的诞生是以另外许多种美的毁灭为代价的。而在这过程和其后，更会有许多无聊的没意思的事伴随着……

路遥和他的《平凡的世界》

一

路遥是一位让我心存敬意的作家。

《平凡的世界》是我所喜爱的小说。我调到北京语言大学后，曾向学生们分析过这部作品难能可贵的文学价值。

路遥生前，我们仅见过一次，应该是在一次作协召开的会议上——那是一九八四年，当时，他将他的一部重要作品《人生》改编成了电影，引起了巨大反响，好评多多。却也有一些不同声音，认为男主人公高加林是当代陈世美——他为了达到成为城市人的目的，抛弃了曾与他热恋的农村姑娘巧珍，因而高加林身上有于连（《红与黑》主人公）的影子。

但那又怎样呢？司汤达不正是由于塑造了于连这一复杂

的法国青年形象而享誉世界文坛的吗？

我见到路遥时说：电影《人生》是成功的，作家的笔应写出各式各样的他者。司汤达笔下的于连、哈代笔下的苔丝、福楼拜笔下的包法利夫人都是成功的文学人物。没有这些文学人物，文学画廊便谈不上丰富多彩，文学的社会认识价值便会大打折扣。同样，高加林是中国文学画廊中不可无一的"那一个"。

他当时握着我的手说："晓声，你的手很暖，话也是。"他生前也只对我说过这么两句话。

路遥病故后，我敬爱的师长李国文、好友铁凝和我，共同筹集了一小笔款子。记得只有五千元，是把我们三人包括当年还健在的叶楠师长的稿费凑在一起的。

那一两年是中国文坛的忧伤年份。我们不仅失去了路遥，还失去了周克芹、莫应丰、姜天民。前三位都是茅盾文学奖得主，而姜天民比我年龄还小。我们将那五千元中的四千元分别寄给了四位作家朋友的亲人，以表达我们的哀思。余下的一千元寄往哪里了我已忘记，似乎是寄给贾平凹支持他修缮柳青墓了。

如今，《平凡的世界》也改编为电视剧，并且获得了良好的收视效果，我们替路遥兄感到欣慰。

二

在全国两会期间,我在发言中指出——在国产电视剧现实题材委实偏少的情况下,《平凡的世界》之播出可谓拾遗补阙……

依我想来,路遥兄在创作《人生》时,一定为千千万万一心想要实现好一点儿的人生而走投无路的农村青年泪湿稿纸,且不止一次。须知,那时的中国之农村和城市,还处于固若金汤般的二元结构的形态。而当他在创作《平凡的世界》时,肯定时时热血沸腾,以至于不得不停笔平静一下自己的万千思绪吧?

孙少安是有责任感的文学人物,凡这一类文学人物,同时也便寄托了作家的人格理想。责任感和脚踏实地的精神,在孙少安身上统一得很可信。这乃因为,路遥塑造这一人物时,心怀着大的敬意和诚意,他明白——他是在为千千万万上进的农村青年塑造一个外部压力越大,自己内心越刚毅、精神上越坚韧的榜样。

我认为路遥出色地完成了他的创作初衷。

当年,大批农村青年进城打工的现象还没发生——孙少平走在了前边,他是如今的农民工兄弟姐妹们的先驱。这也证明,路遥的社会发展思想走在了时代的前边。

据我所知,《平凡的世界》问世后,不论是进城务工的农村青年,还是成了大学学子的农村青年,许多人都将《平凡的世界》作为枕边书。所以，我在大学授课时曾言："《平凡的世界》不啻是千千万万农村青年精神上的《圣经》……"

三

尽管从人物分量上看，孙少安显然是《平凡的世界》的主角，但小说却是从弟弟孙少平写起的。

较之中学还没读完，便因生活所迫不得不回村务农，十八岁成为生产队长，不但要挑起全家人的生活重担，还需为全队人的事日夜操心劳累的哥哥，已身为全县"最高学府"县立高中学子的弟弟少平，似乎应该感到几分幸运——然而实际情况绝非如此。

开篇一段季节转换不动声色的写景之后，情境定格县立高中的操场一隅，即学生们的午餐之地。少平一出现，其近于"悲催"的心态便像阴雨一般，一阵洒落在字里行间了，完全是欲哭无泪的被宿命所缚的无奈。

这一现实生活的轴画一经徐徐展开，路遥便一气呵成地写了整整十章，交代出形形色色的人物——而哥哥少安直到第十一章才千呼万唤地正式出现。

作家为什么要这么写呢？

我觉得，在少平与少安两兄弟之间，路遥的影子在少平身上反而多一些。少平所体会的那种不知如何改变命运的无助与迷惘，想必也正是农民的儿子路遥所经常感到的。

155

他在创作《平凡的世界》时虽已是专业作家,但当他的笔开始写到农民们的儿子,他几乎便是在写自己,也是在写众多和他一样的穷愁人家的农民们的儿子——这种对于无奈之命运的深度描写,实际上是对于时代的叩问,具有"天问"的性质。因为作家明白,普遍之中国农民以及他们的儿女的命运的改变,首先只能依靠国家农村大政方针的调整和改变。

同时作家也明白,在国家政策尚未改变以及逐渐改变的过程中,农村中新人的带头作用示范影响也是极其需要的——于是哥哥少安成了作家笔下的文学"新人",正如屠格涅夫、车尔尼雪夫斯基曾满腔热忱地通过《父与子》《怎么办?》要为老俄罗斯"接生"出"新人"那样。从这个意义上说,《平凡的世界》乃是当年中国农村题材小说中的《父与子》和《怎么办?》。

四

可以这么认为,弟弟少平身上,具有路遥人生经历的影子;而哥哥少安身上,则体现了路遥的精神寄托。

少平是很像路遥的文学人物,少安是他想成为的人物。少平与少安之和,乃是创作《平凡的世界》时,作家路遥的动力之和。

读《平凡的世界》,如果结合二十世纪八十年代中国文学的总体风貌来欣赏,则尤其能从中欣赏到当年"新时期文学"的独特品质——那时稿费极低,每一位作家的写作都较有定力,也较纯粹,大抵是在为文学的责任、使命以及光荣而创作,路遥尤为如此。因而,字里行间少有浮躁之气,也少有刻意想要吸引眼球,企图取悦某一类读者的市场利益追求的动机。

今天,《平凡的世界》重新唤起人们阅读的愿望,证明好的文学作品依然是能够经受得住时间考验的。

我希望通过人们对《平凡的世界》的关注,影响更多的人重读二十世纪八十年代的文学作品——依我看来,总体上商业思谋很少,文学品质追求较为纯粹、不媚俗、不迎合低级阅读趣味的"新时期文学",对人心性的营养更多一些,有利于人们进一步思考——人类为什么需要文学?中国缺少怎样的文学?怎样的文学才称得上是好的文学?

《平凡的世界》是跨年代的著作,从"文革"中的一九七五年写到了"文革"后的一九七八年——这一点,对于广大读者,特别是领导干部,具有值得一读的意义。

不了解农村、农民,便不能说较全面地了解中国。而不了解从前的农村、农民,便很难理解如今的农村"空心化"现象为什么比比皆是;很难理解如今的农民为什么会在农村城镇化进程中犹豫徘徊、左顾右盼、有所向往而又有所不舍的矛盾心态。

各级政府的领导干部,比我们的青年们更应间接补上这认知、理解的一课。补上了这一课，面对农民的诸项工作，就会多一些温度，少一点儿冷感；多一些人性化的举措，少一点儿官僚主义、教条主义。

我又认为，孙少安身上的担当精神，尤其是领导干部们应该学习的。看那孙少安——水库决堤事故，本无他任何责任，但他为了替一名乡亲争取"烈士"的名分，宁肯自己担起责任来。

因为他想的是，如果不为死者争取到一份极有限的抚恤金，那一户人家往后的日子可怎么过呢？他是生产队长，他对乡亲们有大爱之情怀。姑且不论情怀，只论担当——时下工作中，推卸责任、诿过于人、撇清干系，凡事以保官为大的现象，是不是应改变一下呢？

所以，就人格力量而言，孙少安身上有闪光之点，值得我们以其为镜，自照、自省、自检、自勉。虚构人物也可以是一面镜子，小人物也可以是一面镜子。

一部作品若有此等作用，当然便是值得一读的好作品之一种了。

辑三

在西线的列车上

在西线的列车上

二〇〇五年十一月,我应邀与中国作家协会的几位领导,前往甘肃天水参加一次民间举办的文化活动。但我和他们乘的不是同一车次——我家附近就有代理售票处,购票方便。于是我单独踏上了由北京西站始发的、晚上八点多开往西部的列车……

我已经很少乘长途列车了。

二十世纪八十年代初,我曾是前北京电影制片厂组稿组的一名编辑。陕西、甘肃、新疆都在我的组稿范围,所以那两三年内,我每年都是要乘坐几次西线的列车的。那时中国西部的农村人口,乘坐过列车的人还是很少的。成千上万西部农村人口向中国其他省份流动的现象还没出现。那时的中国,还是一个按地理区域相对凝固的中国。西部的农民如果要到外省去"讨生活"，大抵靠的还是他们的双脚。正如西部的一种民歌——"走西口"。

八十年代初曾有一篇口碑极佳的短篇小说《麦客》，描写当年因天灾收获自家土地上的劳动成果的希望已成泡影的西部农民们，为了挣点儿钱将日子继续过下去，成群结队越省跨界，去往中原和南方帮别的省份的农民收割庄稼的经历。在西部蛮荒的山岭之间，在原本没有路而后来被一代一代走西口的中国农民们的脚踩出的蜿蜒的野路上，他们的身影连绵不绝，越聚越多，终于形成一支浩荡的不见首尾的队伍。他们甚至连行李也不带，很可能有的人的家里根本就没有什么可供他带走的行李。除了别在腰间的镰刀和挎在肩上的干粮袋，他们身上再就一无所有。那是中国农民的"长征"，不是为了革命，而是为了糊口。隔年似乎是由兰州电视台将《麦客》拍成了两集的电视剧。在北京，在我的家里，我看得热泪盈眶。记得当年我抑制不住自己的激动，还给电视台写去了一封信，祝贺他们拍出了那么优秀的现实主义风格的电视剧。

当年一个三十岁左右的青年出现在列车的卧铺车厢里，那是会引起一些好奇的目光的。因为当年并不是一切长途列车上都有软卧车厢，硬卧已是某种身份的证明。购票前要经领导批准，购票时要出示单位介绍信。故当年的我，从没觉得从北京到西部是怎样难耐的旅程。恰恰相反，在好奇的目光的注视之下，我常会感到优越。自然，想到西部的"麦客"

们,心里边也往往会颇觉不安地暗问自己凭什么。当年我们许多中国人的意识方式真是朴实得可爱啊!

两三年后我调到了编剧组。以后竟再没踏上过西线的列车。屈指算来,已然二十余年了。

天水市委对文化活动极为重视,预先在电话里嘱咐:"我们知道您身体不好,请您一定要乘软卧。"我想到我是去西部,买了一张硬卧。

严重的颈椎病使我的睡眠的适应性极差。夜里不停地辗转反侧,令下两层铺和对面三层铺的乘客深受其扰。他们抗议的方式是擂铺板、大声咳嗽或小声嘟囔些不中听的话。我猛记起旅行袋里似乎带了一贴膏药,爬起一找,果然。反手歪歪扭扭地贴到后背上;用自己的手无法贴在准确的位置,但那也总算起到了一点儿心理作用,于是不再折腾……

整个车厢我起得最早,盼着到天水。然而中午一点多钟才到。望着车窗外西部铁路沿线的风光从黎明前的黑暗之中逐渐显现得分明了,我似乎觉得那是我所乘过的车速最慢的一次列车,似乎觉得从北京到西部的途程比二十几年前远多了。列车晚点了一个半小时。然而我知道那不是使我觉得途程变远了的真正原因。真正原因是我自己变了。我早已由当年那个坐硬卧很觉得优越并且心生不安的青年,变成了一个不经常乘坐列车的人了。而中国,也变了。习惯于乘飞机的中国人与乘列车的中国人相比,尤其是与乘西线列车的中国人相比,在许多方面都发生了大的差别。每一座城市都尽量将机场建得更气派、更现代，因为它意味着也是一座城市面向国际敞开的窗口。而每一座城市的列车站，则空前地人群云集了。特殊的月份，往往满目皆是背井离乡的中国农民的身影。在大都市的机场候机厅里，一些人感受到的是一种关于中国的概念；而在某些时候，在某些城市包括大都市的列车站里，另一些人将感受到关于中国的另一些概念……

沿线西部的乡村，它们为什么一处处那么小？黄土抹墙的房舍，灰黑的鱼鳞瓦，家门前没有栅栏的平场，房舍后为数不多的苹果树或柿树；坎坡上放着几只羊的老人，在一小块一小块地里干着农活的老妪和孩子……一切仍在诉说着西部的贫困。

八月是萧瑟的季节。西部的景象裸露在萧瑟之中，如同干墨笔触勾勒在生宣纸上的绘画草图。偶见红的瓦和刷了白灰或贴了白瓷砖的墙，竟使我有眼前一亮的感觉。尽管白瓷砖贴在农家房舍的外墙体上是那么不伦不类，然而一想到有西部的农家肯花那一份钱，还是不禁有些感动。西部农民希望过上好日子的那种世代不泯的追求，像杨白劳给喜儿买了并亲手扎在女儿辫上的红头绳——父女俩自是喜悦着；看着那情形的人，倘对人世间的贫富差距还保留着点儿忧患，则就会难免地心生愀然……

从西部返回时，我登上了一次特别的列车。因为还要中途到广州去，故我得在咸阳下车，再去机场。

我持的是一张无座号的票，原以为注定是得在列车上站五六个小时了，却幸运得很，偏巧登上了一节空着几排座位的车厢。刚刚落座，列车已经开动。定睛扫视，发现自己置身在民工之间。手往小桌板上一放，觉得黏。细看桌板，遍布油污，显然很久没被人擦过了。于是顾惜起衣袖来，往起抬胳膊时，衣袖和桌板，业已由于油污的缘故，难舍难分了。于是进而顾惜衣服和裤子，往起站时，衣服和裤子也不那么情愿与座椅分开了，那座椅也显然早该有人擦擦却很久没被人擦过了。好在布袋里是有些纸的，于是取出来细细地擦。最后一张纸也用了，擦过后却依然是污黑的。这时我注意到对面有好奇的目光在默默打量我，便有几分不自然了——一个人和某些跟自己有些不一样的人置身在同一环境，他对那环境的敏感，是会令那某些人大不以为然的。这一点，我这个写小说的人是心中有数的。当年我是连队生产一线的知青时，甚至以同样冷的目光，默默打量过陪着首长对连队进行视察的团部或师部的机关知青。那一种冷的目光中，具有知青与知青之间的嫌恶意味。何况，在那一节车厢里，我和我周围的人们之间的关系，连大命运相同的知青们之间的关系都不是。我将一堆污黑的纸团用手绢兜着，走过车厢扔入垃圾桶，回来垂着目光又坐下了。原来这一节车厢的绝大部分座位也都有人坐着，只我坐的那地方空着两三排座位而已。座位、桌板、窗子、地面、四壁、厕所、洗漱池——那列车的一切都肮脏极了。

我将手绢铺在桌板上，取出一册杂志来看。偶一抬头，见一个站在过道里的中等身材的青年还在打量我。他脸颊消瘦，十一月份了穿得还那么少。一件T恤衫，外加一件摊上买的迷彩服而已。T恤衫的领子和迷彩服的领子，都已被汗渍镶上了黑边。我并没太在意他对我的打量，垂下目光接着看手中的杂志。倏忽后我抬起头来，冲那年轻的民工微微一笑。因为我第一次抬起头时，觉得他的目光并不多么冷。我想，我对一个看我时目光并不多么冷的人，理应做出友好的反应——尤其在这一节车厢里，尤其我以显然的另类的外形而存在于某些同类之间的时候。是的，他们当然是我的同类，或者反过来说也是一样。而且，还是我的同胞。而我对于他们，却分明地是一个另类。我所体会的中国，那是一个概念，一个与从前的中国不能同日而语的概念；他们所体会的中国，乃是另一个概念，一个与从前的中国没什么两样的概念。

我笑后，那年轻的民工也微微一笑。果然，他的眼的深处，非但不怎么冷，还竟有几分柔情。但是，它们太忧郁了。所以，给予我无底之井一样的印象。倘他好好洗个澡，再穿上我的一身衣服，再将他蓬乱的头发剪剪、吹吹，那么，我敢肯定他是一个帅小伙子。尽管我的一身衣服实在是一身普通得很的衣服。

他说："你坐过来吧。"我回头看，身后无人，断定了他是在跟我说话。我犹豫。"你还是坐过来吧！列车从新疆开入甘肃的时候，有一个人喝醉了酒，把那几排座位吐得哪儿都是……"他始终微微地笑着，目光也始终望着我。

我早已嗅到了一股难闻的气味儿，只是不清楚发自何处罢了。他既给了我个明白，我当然不愿继续在那儿坐下去了。我起身向他走过去时，他用手指着我说："你的手绢！"而我说："不要了。"我本打算像他一样站在过道里，但是他请我坐在他的座位上。他一路从新疆坐过来；他说他腿坐肿了，宁肯多站会儿。那儿的人们都在打扑克，没谁注意我们。他又说："我知道你是谁。我上初中的时候作文挺好的，经常受到老师的称赞。那时候我以为我将来也能……"我小声请求说："那就当你不知道我是谁，好吗？"他点了点头，又问："你看的是什么？"我说："《读者》。"我看《读者》历来被不少知识分子耻笑。他们认为真正的知识分子是不应看《读者》这么"低"层次的刊物的。但我以我的眼，在中国知识分子们认为是"高"层次的刊物上，越来越看不到对另一半中国的感受了。那另一半，才是中国的大半！并且，每每因而联想到杜甫《茅屋为秋风所破歌》中的诗句——"茅飞渡江洒江郊，高者挂罥长林梢，下者飘转沉塘坳。"挂罥长林梢，虽高，不也还是茅吗？我倒宁愿入塘坳。毕竟和泥和水在一起，可以早点儿沤烂，做大地的肥料。

年轻的民工听了我的话，点了点头。于是我们一个坐着，一个站着，聊了起来。

他说这一车次是"民工车"，也可以说是西北农民工们乘的"专列"，票价极便宜。在高峰运载季节，有时超载百分之一百几十。因为它实际上已经等于是一次民工专列了，不是民工的人们,是不太愿意乘坐这一车次的……

他说这一节车厢有人吐过,有一股难闻的气味,所以才有几排空座。说别的车厢里,没票站着的人照例很多……

忽然一阵煤灰飘飞过来,我赶紧闭上眼睛低下头去;抬起头时,身上落了一层。年轻的民工身上也落了一层黑白混杂的煤灰,他却懒得抚一下;笑笑,说车上烧水的不是电炉,仍是大煤炉,显然又有乘务员在捅火了……

他说,他心情很不好——他本在新疆打工来着,同村的人给他传了个信儿,有一个省的煤矿急需采煤工,于是他匆匆前往,去晚了怕就没有缺额了。说一个多小时以前,他透过车厢望见了他的家园——西线铁路旁的一个小小的自然村……

他说,他的父亲几年前死于矿难;几年前死一个采煤的农民工,矿主才补偿给一万多元钱。他说他没下车回家去看一看,也是因为怕见了母亲不知该怎么说;他说家里只有母亲、妹妹和爷爷。爷爷已经老得快干不动地里的活儿了;而妹妹,患着精神病……

我,竟寻找不到一句适当的话可以对这个年轻的农民工说,连一句安慰他的话也寻找不到……

"现在,死一个矿工,真的补偿给二十万元吗?农民采煤工和正式的矿工,都能一律平等地补偿给二十万元吗?……"

我从他的话中,听出了他对平等的极强烈的要求,以及对二十万元人民币的极强烈的渴望。

"这……我不是太清楚……也许……是的吧……可是现在，矿难发生的次数太频繁了，你最好还是不要去……非去……没有比当采煤工挣钱更多的活儿了吗？……"我语无伦次，反问着不是人话的话。

"还用问吗？对我们，那是肯定没有的喽！"不知何时，玩扑克的都不玩了，都在注意听我和那年轻的农民工的谈话了。"我记得有一份报上登过赔偿的数额……""一条农民采煤工的命是赔偿二十万元的，这肯定没错！""你怎么能那么肯定？是法律条文了吗？什么时候公布过了？""不会二十万元那么高吧？现如今车祸撞死一个农民，法院一般不是才判赔偿几万元吗？""那是车祸，和采煤不同的。目前正是国家发展需要煤的时候，所以咱们的命也就比以往值钱多了！……""会不会一个省一个价呢？"年轻的农民工说，他和他们是一起的，都是要去同一个省的矿区的。有的是打工时认识的工友，有的是在这一次列车上认识的。他毫不客气地将别人拽了起来，自己坐在腾出的座位上了，接着又说："但愿我们去的地方，一条命也值二十万元……"被他拽起来的民工说："有人倒下去，那就得有人补上去，好比冲锋陷阵，得有下定决心不怕牺牲的精神！"那样子，那语气，很是光荣，还有点儿悲壮。

我听着，心里不禁联想到了两句诗——"风萧萧兮易水寒，壮士一去兮不复还！"我问："你们要去的是哪个省？"

他们相互望着，交换着耐人寻味的眼色，就都不说话了。分明地，他们不愿让我知道，仿佛那是一个他们共同的福音，也是一个需要他们共同保守的大秘密，一旦被旁人所知，尤其是被我这样的旁人所知，大好的机会就会遭到破坏似的。

为了取悦于他们，我说："啊，我想起来了，有一份文件，规定了哪儿都是二十万元，一律平等。"他们都很信我的话，脸上的疑虑一扫而光，就都高兴起来。这个说有文件就好，那个说平等才对。他们一高兴，对我的态度也亲近了，请我嗑瓜子，吃花生、枣子，还向我敬烟。我没吃什么，却极想吸烟，又没有烟了，便很高兴地接过了烟。一只按着打火机的手及时向我伸过来，我刚吸了一口，劣质的烟呛得我几乎咳嗽……

后来玩扑克的人接着玩扑克，那眼神忧郁的年轻的农民工也不再开口了，呆呆地望着窗外想他的心事。

没人理睬我了，我低下头仍看我的《读者》。

清名

倘非子诚的缘故，我断不会识得徐阿婆的。

子诚是我的学生，然细说么，也不过算是罢。有段时期，我在北京语言大学开"写作与欣赏"课，别的大学的学子，也有来听的，子诚便是其中的一个。他爱写散文，偶作诗，每请我看。而我，也每在课上点评之。由是，关系近好。

子诚的家，在西南某山区的茶村，小。他已于去年本科毕业，当了京郊一名"村官"。今年清明后，他有几天假，约我去他的老家玩。我总听他说那里风光旖旎，禁不住动员，成行。斯时茶村，远近山廓，绚丽多姿。树、竹、茶垄，浑然而不失层次，绿如滴翠。

翌日傍晚，我见到了徐阿婆。那会儿茶农们都背着竹篓或拎着塑料袋子前往茶站交茶。大叶茶装在竹篓，一元一斤；

芽茶装在塑料袋里，二十元一斤。一路皆五六十岁男女，络绎不绝。七十岁以上长者约半数，年轻人的身影，委实不多。尽管勤劳地采茶，好手一年是可以挣下五六千元的，但年轻人还是更愿到大城市去打工。

子诚与一老妪驻足交谈。我见那老妪，一米六七八的个子，腰板挺直，满头白发，不矜而庄。老妪离后，我问子诚她的岁数。

"八十三了。"

"八十三还采茶？！"我不禁向那老妪背影望去，敬意油然而生。

子诚告诉我——一九四九年前，老人家是出了名的美人儿。及嫁龄，镇上乃至县里的富户争娶，或为儿子，或欲纳妾。皆拒，嫁给了镇上一名小学教师。后来，丈夫因为成分问题，回村务农。然知识化了的男人，比不上普通农民那么能耐得住山村的寂寞生活，每年清明前，换长衫游走于各村"说春"。

当年当地，农村人都是文盲，连黄历也看不懂的。她丈夫有超强记忆，一部黄历倒背如流。"说春"就是按照黄历的记载，预告一些节气与所谓凶吉日的关系而已。但一般告诉，则不能算是"说春"。"说春人"之"说春"，基本上是以唱代说。不仅要记忆好，还要嗓子好。她的丈夫嗓子也好。还有另一本事，便是脱口成章。"说"得兴浓，别人随意指点什么，竟能就什么唱出一套套合辙押韵的掌故来，百指而难不倒，像是现今的"RAP"歌手。

于是，使人们开心之余，自己也获得一碗小米。在人们，那是享受了娱乐的回报。在他自己，是一种个人价值体现的满足。所谓与人乐，其乐无穷。

不久农村开展"破除迷信"运动，原本皆大开心之事，遂成罪过。丈夫进了学习班，"说春人娘子"一急之下，将他们的家卖到了仅剩自己穿着的一身衣服的地步，买了两袋小米，用竹篓一袋袋背着，挨家挨户一碗碗地还。

乡亲们过意不去，都批评她未免太过认真。她却说——我丈夫是"学知人"，我是"学知人"的妻子。对我们，清名重要。若失清名，家便也没什么要紧了。理解我的，就请都将小米收回了吧！……

工作组组长了解到那一情况，愕然，继而肃然。对其丈夫谆谆教诲了几句，亲自送回家，并对当年的阿婆好言安抚……

我问："现在她家状况如何？为什么还让八十三岁的老人家采茶卖茶呢？"

子诚说："阿婆得子晚，六十几岁时，三十几岁的独生儿子病故了。媳妇改嫁，带着孙子远走高飞，早已断了音讯。从那以后，她一直一个人过活。七八年前，将名下分的一亩多茶地也退给村里了……"

"这么大岁数，又是孤独一人，连地都没了，可怎么活呢？"

"县里有政策，要求县镇两级领导班子的干部，每人认养一位老村的鳏寡孤独老人，保障后者的一般生活需求，同时两级政府给予一定补贴……"

我不禁感慨："多好的举措……"

不料子诚却说："办法是很好，多数干部也算做得比较负责任。只是，阿婆的命太不好，偏偏承担保障她生活责任的县里的一副县长，明面是爱民的典范，背地里贪污受贿，酒色财赌黑，五毒俱全，原来不是个东西，三年前被判了重刑……"

我一时失语，良久才问出一句话是："黑指什么？"

"就是黑恶势力呀。"

我又失语，不想再问什么，只默默听子诚在说："阿婆知道后，如同自己的名誉也受了玷污，一下子病倒了。病好后，她开始替茶地多的人家采茶，一天采了多少斤，按当日茶价的五五分成。老人家眼力不济了，手指也没了准头，根本采不了芽茶了，只能采大叶茶了，早出晚归，平均下来，一天也就只能挣到五六元钱而已。她一心想要用自己挣的钱，把那副县长助济她的钱给退还清了……"

"可……这……难道就没有人认为应该告诉老人家，她完全不必那样做吗？……"方才仿佛被割掉了舌的我，终于又能说出话来。而且，说得激动。

"许多人都这么劝过的，可老人家她听不进去啊。"子诚的话，却说得异常平静。不待我再说什么，问什么，子诚的一句话，使我顿时又失语了。

173

他说:"今年年初,老人家患了癌症。"

我,极愕。

"几乎村里所有人都知道了。她自己也知道了。不过,她装作自己一点儿也不知道的样子,就靠自己腌的咸菜,每日喝三四碗糙米粥,仍然早出晚归地采大叶茶。有人说,那是因为她岁数大脏器都老化了,所以不觉得多么疼了……他们的说法有道理么?……"

"我……不太清楚……"我的确不太清楚。我心愀然。进而,怆然。那天晚上,我要求子诚转告老人家,有人愿意替她退还尚未"还"清的一千二三百元钱。子诚说:"转告也是白转告……"我恼了,训道:"明天,你必须那么对她说!"

第二天,还是傍晚时,我站在村道旁,望着子诚和老人家说话。才一两分钟后,他二人的谈话便结束了。老人背着竹篓,尽量,不,是竭力挺直身板,从我眼前默默走过。

子诚也沮丧地走到了我跟前,嗫嚅道:"我就料到根本没用的嘛……"

"我要听的是她的原话!"

"她说,谢了。还说,人的一生,好比流水。可以干,不可以浊……"

我不仅失语,竟至于,羞愧了。

以后几日的傍晚,我一再看见徐阿婆往返于送茶路上,背着编补过的竹篓,竭力挺直单薄的身板。然而其步态,是那么蹒跚,使我联想到衰老又顽强的朝圣者,去向我所不晓的什么圣地。有一天傍晚下雨,她戴顶破了边檐的草帽,用塑料罩住竹篓,却任雨淋湿衣服……

那曾经的草根族群中的美女;那八十三岁的,身患癌症的,竭力挺直身板的茶村老妪,又使我联想到古代的,镇定地赴往生命末端的独行侠……

似乎,我倾听到了那老妪的心音:清名、清名……反反复复,二字而已。

不久前,子诚从他当"村官"的那个村子打来电话,告诉我徐阿婆死了。

"她,那个……我的意思是……明白我在问什么吗?……"我这个一向要求学生对人说话起码表意明白的教师,那一时刻语无伦次。

"听家里人说,她死前几天才还清那笔钱……老人家认真到极点,还央求村支书为她从县里请去了一名公证员……现在,有关方面都因为那一笔钱而尴尬……"

我不复能说出话来,也不知自己什么时候放下电话的。想到我和子诚口中,都分明地说过"还"这个字,顿觉对那看重自己清名的老人家,无疑已构成了人格的侮辱。

清名、清名……这不实惠反而累人自讨苦吃的"东西"呀,难怪今人都避得远远的,唯恐沾上了它!我之羞惭,因我亦如此……

二〇〇九年八月二日于北京

老妪

那一个老妪是一个卖茶蛋的老妪。在十二月的一个冷天。在北京龙庆峡附近。儿子须作一篇"游记",我带他到那儿"体验生活"。

卖茶蛋的皆乡村女孩儿和年轻妇女。就那么一个老妪,跻身她们中间,并不起劲儿地招徕。偶发一声叫卖,嗓音是沙哑的。所以她的生意就冷清。茶蛋都是煮的。老妪锅里的蛋未见得比别人锅里的小。我不太能明白男人们为什么连买茶蛋还要物色女主人。

老妪似乎自甘冷清,低着头,拨弄煮锅里的蛋。时时抬头,目光睃向眼前行人,仿佛也只不过因为不能总低着头。目光里绝无半点儿乞意。

我出于一时的不平、一时的体恤、一时的怜悯,向她买了几个茶蛋。活在好人边儿上的人，大抵内心会生发这种一时的小善良，并且总克制不了这一种自我表现的冲动。表现了，自信自己仍立足在好人边上，便获得一种自慰和证明了什么的心理安泰感和满足感。

老妪应找我两毛钱，我则扯着儿子转身便走，佯装没有算清小账。儿子边走边说："爸，她少找咱们两毛钱。"我说："知道。但是咱们不要了。大冷的天她卖一只茶蛋挣不了几个钱，怪不易的……"于是我向儿子讲，什么叫同情心，人为什么应有同情心，以及同情心是一种怎样的美德……

两个多小时后，我和儿子从公园出来，被人叫住——竟是那老妪，袖着双手，缩着瘦颈，身子冷得佝偻着。"这个人，"她说，"你刚才买我的茶蛋，我还没找你钱，一转眼，你不见了……"

老妪一只手从袖筒里抽出，干枯的一只老手，递向我两毛钱，皱巴巴的两毛钱……儿子仰脸看我。我不得不接了钱。我不知自己当时对她说了句什么……而公园的守门人对我说："人家老太太，为了你这两毛钱，站我旁边等了那么半天……"

我和儿子又经过卖茶蛋的摊行时，见一老叟，守着她那煮锅。如老妪一样，低着头，摆弄煮锅里的蛋。偶发一声叫卖，嗓音同样是沙哑的。目光偶向眼前行人一睐，也只不过是任意的一睐，绝无半点儿乞意。比别人，生意依旧冷清……

人心的尊贵，一旦近乎本能的，我们也就只有为之肃然了。我觉得我的类同施舍的行径，对于老妪，实在是很猥琐的……

王妈妈印象

写罢《茶村印象》，意犹未尽，更想写友人的母亲王妈妈。

王妈妈今年七十七岁了。

我第一次见到她，是在她家门口。当时是傍晚，她蹲着，正欲背起一只大背篓到茶集去卖茶。

茶集不过是一处离那个茶村二里多远的坪场，三面用砖墙围了。朝马路的一面却完全开放，使集上的情形一目了然。茶集白天冷冷清清，难见人影。傍晚才开始，附近几个茶村的茶农都赶去卖茶，于是熙熙攘攘，热闹得很。通常一直热闹到八点钟以后，天光黑了，会有许多灯点起来，以便交易双方看清秤星和钱钞。那一条路说是马路，其实很窄，一辆大卡车就几乎会占据了路面的宽度；但那路面，却是水泥的，较为平坦。它是茶农们和茶商共同出资铺成的，为的是茶农们能来往于一条心情舒畅的路上。所幸很少有大卡车驶过那一条路。但在茶农们卖茶的那一段时间里，来往于路上的摩托、自行车或三轮车却不少。当然更多的是背着满满一大背篓茶叶的茶农们。他们都是些老人，不会或不敢骑车托物了，只有步行。一大背篓茶对年轻人来说并不太重，二三十斤而已。但是对于老人和妇女，背着那样一只大背篓走上二三里地，怎么也算是一件挺辛苦的事了。他们弯着腰，低着头，一步步机械地往前走。遇到打招呼的人偶尔抬起头，脸上的表情竟是欣慰的。茶村毕竟也是村，年轻人们一年到头去往城市里打工，茶村也都成了老人们、孩子们和少数留守家园的中年妇女们的村了。这一点和中国其他地方的农村没什么两样。见到一个二三十岁的男人或女人，会使人反觉稀奇的……

事实上，当时王妈妈已将背篓的两副背绳套在肩上了，她正要往起站，友人叫了她一声"妈"。

她一抬头，身子没稳住，坐在地上了。

我和友人赶紧上前扶她。自然，作为儿子的我的友人，随之从她背上取下了背篓。她看着眼前的儿子，笑了，微微眯起双眼，笑得特慈祥。

她说："我儿回来啦！"——将脸转向我，问："是同事？"

友人说："是朋友。"

她穿一件男式圆领背心，已被洗得过性了，还破了几处洞；一条草绿色的裤子，裤腿长不少，挽了几折，露出半截小腿；而脚上，是一双扣绊布鞋，一只鞋的绊带就要断了，显然没法相扣了，掖在鞋帮里。那双鞋，是旧得不能再旧了，也挺脏，沾满泥巴（白天这地方下了一场雨）。并且呢，两只鞋都露脚趾了……

我说："王妈妈好。"——打量着这一位老母亲，倏忽间想念起我自己的母亲来。我的老母亲已过世十载了，在家中生活最困难的时期，那也还是会比友人的这一位老母亲穿得好一些。何况采茶又不是什么脏活，我有点儿不解这一位老母亲何以穿得如此不伦不类又破旧……

然而友人已经叫起来了："妈你这是胡乱穿的一身什么呀？我给你寄回来的那几套好衣服为什么不穿？我上次回来不是给你买了两双鞋吗？都哪儿去了？……"

友人的话语中，包含着巨大的委屈，还有难言的埋怨。显然，他怎么也没想到他的母亲会以那么一种样子让我看到，他窘得脸红极了。须知我这一位友人也是大学里的一位教授，而且是经常开着"宝马"出入大学的人。

他的母亲又笑了，仍笑得那么慈祥。

她说："都在我箱子里放着呢。"

"那你怎么不穿啊？"

当儿子的都快急起来了，跺了下脚。

"好好好，妈明儿就穿，还不快请你的朋友家里坐啊！……我先去卖茶，啊？……"

我对友人说:"咱俩替老人家去卖吧!"

但是王妈妈这一位老母亲却怎么也不依。既不让我和她的儿子一块儿去替她卖那一大背篓茶叶,也不许她的儿子单独去替她卖。我和我的友人,只得帮老人家将背篓背上,眼睁睁地看着身材瘦小的老人家像一只负重的虾米一样,一步步缓慢地离开了家门前……

友人问我:"你觉得有多少斤?"

我说:"二十几斤吧。"

友人追问:"二十几斤?"

我说:"大约二十五六斤吧。"

他家门前,有一块半朽未朽的长木板,一端垫了一摞砖,一端垫了一块大石头,算是可供人在家门前歇息的长凳。

友人就在那木板上坐下去了,默默吸烟。我知他心里难受,大约也是有几分觉得难堪的,就陪他坐下,陪他吸烟。

这时,友人的脸上淌下泪来了。

他说:"上个月我刚把她接到我那儿去,可住了不到十天。她就闹着回来,惦记着那不到一亩的茶秧。她那么急着回来采茶,我不得不给她买机票,坐飞机能当天就回来啊!可从广州到成都,打折的飞机票也九百多元啊!还得我哥到成都机场去接她,再乘长途汽车到雅安,再从雅安坐出租车到村里,一往一返,光路费三千元打不住。她那几分地的茶秧,一年采下的茶才卖二千多元。她就不算算账!这不,回来了,又采上茶了,才活得有心劲儿了似的……"

我说:"那你就给老人算一算这笔账嘛。"

他回答:"当然算过,白算。我们算这一种账,在我母亲那儿根本就不走脑子。关于钱,一过千这么大的数,她就没意识了。她只对小数目的钱敏感,而且一笔笔算起来清清楚楚,从没糊涂过,谁想蒙她不容易。还对小数目的钱特亲。比如这个月茶价多少钱一斤,下个月多少钱一斤,那么这个月几天没采茶,等于少挣了多少钱……"说到此处,苦笑。

我说:"那你以后就把花在路费方面的钱寄回呗。"

友人说,那寄回来的钱对于他的老母亲就只等于是一个数字,她会直接把钱存在银行里,连过手都不过手。说自己当教授了,住上宽敞的房子了,有了私家车了,不将老母亲接到城市里享享福,内心不安。说他老母亲第一次到深圳的日子里,他曾驾车带着他老母亲到海滨路上去度周末,也像别人一样将塑料布铺于绿地,摆开吃的喝的,和老母亲共同观海景,聊天。可老母亲却奇怪于城里人为什么偏偏将那么一大片地植树了、种草了,而不栽上茶秧?栽茶秧那能解决多少人的挣钱问题啊!进而大为不满地批评城里人罪过,不知土地宝贵,浪费大片大片的土地简直像不在乎一张纸一样。又觉得城里人太古怪,难以理解,待在家里多舒服,干吗都一家家一对对跑到海边傻坐着?海边再凉快,还能比有空调的家里凉快吗?说那一次老母亲在他那儿住的日子还长久些,因为在大都市里发现了生财之道——一个空塑料瓶两分钱,易拉罐三分钱,纸板三角钱一斤,她觉得比采茶来钱容易多了。说那是老母亲唯一愿意向城市人学习的地方，也是对大都市的唯一好感。还因为捡那些东西，和"同行"发生了口角。而他，只得向老母亲耐心解释，捡那些东西的人，是划分了街区领地的。在别人的街区领地捡那些东西，就是侵犯了别人的利益。别人对你提出抗议，抗议得有理。你跟别人吵，吵得没理。老母亲却振振有词地反问，他有政府发的证书吗？如果没有，凭什么说那些街区是他的"领地"呢？依她想来，既然拿不出类似政府发给农民的土地证一样的证书，凭什么只许自己捡，不许别人捡呢？而他就只得更加耐心地向老母亲解释，尽管对方并无证书，但那是"潜规则"，"潜规则"相互也是要遵守的。解释来解释去，最后也没能使老母亲明白究竟什么是"潜规则"，为什么"潜规则"对人也具有约束性……老母亲离开的前一天，他家阳台上已堆满了空塑料瓶等废弃物。他想通知收废品的人上门来收走，可老母亲不许，因为人家上门来收，一个塑料瓶子就变成一分钱了，废纸也变成两角一斤了。在老母亲那儿，账算得"倍儿"清——一个塑料瓶等于卖亏了百分之五十，一斤废纸板等于卖亏了百分之三十，合计卖亏了百分之八十！他说："妈账你也不能这么算，并不是你原本该卖得十元，结果亏掉了八元，就剩两元了。"老母亲说："你别跟我拌嘴！百分之五十加百分之三十，怎么就不是亏了百分之八十呢？你当儿子的，不能拿我的辛苦不当辛苦，我捡了那么一阳台我容易吗我？"于是伤心起来。我的朋友这个当儿子的，只得赶紧认错。接下来乖乖地将阳台上的废品弄出家门，塞入他那辆刚买的"广本"，再带上老母亲，分两次卖到废品收购站去。老母亲点数总计二十来元钱，顿觉是一笔大收入，这才眉开眼笑……

友人问我："如果请收废品的上门来收走，是等于卖亏了百分之八十吗？"

我说："当然不是。百分之百减去百分之三十剩百分之七十，加上塑料瓶的百分之五十，是百分之一百二十……"

友人奇怪了："少卖钱是肯定的，怎么也不会成了百分之一百二十吧？"

我愣了，自知我的算法也成问题，赔着苦笑起来……

友人的老母亲卖茶叶回来了，一脸不快。当儿子的问她卖了多少钱？她说："儿子你还不知道吗？这个季节大叶子茶更不值钱了，才卖了九元三角钱；辛苦了一白天，到手的钱居然还不够一个整数。"她是得快快不乐。

吃晚饭时，老人家在自家的太阳能洗浴房里冲过了澡，翻箱倒柜，换上了一身体面的衣服。我的友人，他的哥哥嫂嫂子都说，老人家纯粹是为我这一位远道而来的客人才那样的。

老人家说是啊是啊，多次听晓鸣（我的友人的名字）跟她谈到过我，早知我们情同手足。说好朋友要长久。她相信我和她儿子会是天长地久的朋友，替我们高兴。老人家不断为我夹菜，口口声声叫我"声仔"。

友人对我耳语:"我母亲叫你'声仔',那就等于是拿你当儿子一样看待了。"

我也耳语,问:"要不要将我装在红信封里的五百元钱立刻就从兜里掏出来,作为见面礼奉上?"友人却摇头。第二天,友人陪我到镇上去,将五张百元钞换成了一百余张小面额的钱,扎成厚厚两捆,在他老母亲高兴之时,暗示我抓住机遇。

我就双手相递,并说:"王妈妈,我希望您能认下我这个干儿子。这些钱呢,我也不知是多少,算是我这个干儿子的一份心意,您一定要收下。"

老人家顿时笑得合不拢嘴,连说:"好啊好啊,我认我认,我收我收!……"她接过钱去,又说:"看我声儿,孝敬了我这么多钱!真多真多……"友人心理不平衡地嘟哝:"那就多了?才……有好几次我一千两千地给你寄,你也没夸过我一句!"老人家批评道:"你动不动就挑我的理,看我这么也不对那么也不顺眼,他怎么就不说?"我趁机讨好:"干妈,以后他再对您那样,我这儿先就不依!"

晚上,我和友人照例同床。那是他父亲生前睡的床,如今是他母亲的床,也是家中最宽大的床,却哪哪儿都松动了,我俩不管谁一翻身,那床都发出嘎吱嘎吱的响声。老人家为了我们两个小辈儿睡得好,把那床让给了我俩,她自己睡在客厅里的旧沙发上。

友人向我讲起了他的父亲,以及他的父亲和他母亲的关系。他的父亲曾是乡长,极体恤农民的一位乡长,故也备受农民的敬重;不幸罹患癌症,四十几岁就去世了。他父亲生前,和他母亲的关系一向不好,几乎谈不上有什么夫妻感情可言。自然,也就有过几次和别的女人的暧昧关系,母亲甚至因此寻过短见。父亲去世以后,母亲一个人拉扯着四个儿女,日子变得朝不保夕。他的妹妹,由于小病没钱治,拖成了大病。水灵灵的一个少女,临死想换一身新衣服美一下,都没美成……

友人嘱咐我,千万不要提他的妹妹,那是他母亲心口永远的痛;也千万不要提他的父亲,那似乎是他母亲永远的怨……

他说:"我听过不少父亲们为儿女卖血的事,在我们家里,为供我们几个儿女读书,卖血的却是我母亲。而且像许三观一样,在一个月里卖过两次血。上苍让我母亲活到今天,实在是对她本人和对我们儿女的眷顾……"

茶村的夜晚,万籁俱寂。友人的话语,流露着淡淡的忧悒,绵长的思念,令我的心情也忧悒起来了;并且,令我也思念起了我那没过上几天好日子的老父亲和老母亲……

第二天,王妈妈打发晓鸣到另一个茶村去看望他二姐,却要我留了下来。她不采茶了,让我陪她在村里办点事。

我陪她去了几户茶农的家里,显然是茶村生活仍很贫穷的人家。她竟是一家一户去送钱,有的送一百,有的送五十。

"看你，又送钱来，别总操心我们的日子了，我们还过得下去……"

每户人家的人都说类似的话；家家户户的人的话中，却都有"又送钱来"四个字。

那"又送钱来"四个字，令我沉思不已。

她老人家却说："晓鸣的爸又给我托梦了，是他牵挂着你们，嘱咐我一定来看看。"

或者指着我说："看，我认了个干儿子，和我晓鸣一样，也是教授。都是正的。他们都是每个月开五六千的人，以后我是不缺钱花的一个妈了。周济周济你们，还不应该的？……"

我陪着在茶村认的这一位干妈，去给她的女儿、她的丈夫扫了坟。两坟相近，扫罢以后，她跪了很久。

她面对这座坟说："他爸，儿女们以为我还怨你，其实我早就不怨你了。我还替你做了些事情，那是你生前常做的事情。其实我一直记着你说过的一句话——为人处世，心里边还是多一点儿善良好。你要是也不嫌弃我了，那就给我托梦，在梦里明说。要是不好意思跟我明说，给儿女们托梦说说也行。那么，我死后，就情愿埋在你旁边……"

又对那一座坟说："幺女啊，妈又来看你了。妈这个月采了二百多元的茶。现在女孩儿家也该穿裙子了，过几天，妈亲自到乐山去给你买一件漂亮的裙子。听你二姐的女儿说，乐山有一家服装店专卖女孩子穿的衣服，样式全都是时兴的……"

对第一座坟说话时,她的语调很平静;对第二座坟说话时,她忽然泣不成声……

在回家的路上,干妈对我说:"声儿,记着,以后找机会告诉晓鸣,他说得不对。一个塑料瓶子不是两分钱,是一角二分钱。硬铁皮的才两分钱,易拉罐八分钱,顶数塑料瓶子值钱。一斤纸板也不是一角几分钱,是三角钱……"

我诺诺连声而已。不知为什么,那一天这一位友人的老母亲,竟令我心生出几许肃然来……

后来我和我的干妈又聊过几次。

她问我:"如果一个老人生了癌症,最长能活多久,最短又能活多久?"

我以我所知道的常识回答了以后,她沉默良久,又问:"活得越久,岂不是越费钱?"

我一时不知该如何回答,尤其是对这样一位七十七岁了还辛劳不止采茶攒钱的老母亲。

她语调平静地又说:"晓鸣他爸生了癌症,才半个多月就走了。晓鸣寄给我的钱和我自己挣的,加起来快一万元了。现在治病很费钱,不知道一万元够治什么样的病?……"

我更加不知如何回答才好,只有摇头。

于是她自问自答:"我死,也许不会因为病。就是因为病,估计也不会病得太久。我加紧再挣点儿钱,攒够一万,估计怎么也够搪病的了。我可不愿拖累儿女们,儿女们各有各的家，也都不容易……"

我装出并没注意听的样子。

不料她突然问："你们城里的老人，如果还挺能吃，就表明还挺能活，是吧？"我回答："是。"她说："我们农村的老人，如果还挺能干，才表明挺能活。你看干妈，是不是还挺能干的？"我又回答："是。"……

当我离开茶村时，我和我的干妈，相互都有些依依不舍了。我又明白了我自己一些——都五十七八岁的人了，居然还认起干妈来；实不是习惯于虚与委蛇，而是由于在心理上，仍摆脱不了那一种一心想做一个好儿子的愿望。

因为我从来就不曾好好地做过儿子。那是需要些愿望以外的前提的。对于我，前提以前没有。现在，前提倒是有了，父母却没了。我也更明白了——为什么我的某些同代人，一提起自己过世了的父母就悲泪涟涟。我是那么羡慕我的好友晓鸣教授。他的老母亲认下了我这一个干儿子，我觉得格外幸运。而我尤其幸运的是，我的远在一个小小茶村里的干妈，她是一位要强又善良的老人家。至于她爱捡废品的"缺点"，那是我能理解的，也是我觉得有趣的……

老茶农和他的女儿

当女儿的手轻轻推开了窗扇,呵——一阵馥郁的气息随之而至。顿时,她几乎醉了。

那是茶乡的早晨的气息。

城市和乡村的最根本的区别乃在于——乡村是有气息的,正如婴儿是浑身散发奶味的。而城市没有。

窗外,山丘波状的曲线近在眼前。一行行修剪过的茶树,从山脚至山头,层层叠叠,宛如梯田,使整座山丘成为茶山。

在对面的山腰,有这一户人家的几亩茶树。而房屋的左右两边,也是茶山。后边,是一条河。晚上,汩汩之声,彻夜入耳。那是河的永无休止的絮语,也是这茶乡的人们听惯了的。孩子们在家乡河的絮语声中长大成人,于是到城市里去试探人生的前途和世界的深浅。或者,像父母辈一样,成为新一代的茶农。近年,这茶乡的年轻人中,前一种越来越多了,后一种越来越少了。因为种茶也像种庄稼一样,一年到头,辛辛苦苦,也挣不到多少钱了。外出的年轻人们,即使在城市里始终没有得到什么有保障的人生,那也还是不情愿回到这一个茶乡的。偶尔回来,往往是由于自己在城市里闯荡得实在是太累了,或者父母病了……

然而芸这一次回到家乡来,却是为了能在一个绝对不受任何干扰的地方潜心完成她的"出站"论文的。芸是这个茶乡的骄傲。因为她不但至今仍是这个茶乡唯一考上大学的姑娘,而且现在已经读到博士后了。所以她要完成的论文,也就不是什么一般的毕业论文,而叫"出站"论文。一般听了,是不太明白的。

芸在清明前十几天就回到茶乡了,那时的南方天气还没怎么转暖。父亲每天起得很早,悄无声息地做好饭,热在锅里,然后自己便背着茶篓上山采茶去了。有时自己也吃几口饭;有时,则连口饭也不吃。芸习惯了熬夜。为将论文写到优等的水平,每天睡得很晚,自然起来得也就很晚。一般总是在八点钟以后才醒。散步,洗漱;吃罢早饭,也就快九点了。一回到房间,便又埋头于写作了。等到父亲叫她的时候,肯定便是中午了。那时父亲已采回过一篓茶叶了。无论第二篓茶叶采满还是没采满,父亲都会在中午之前及时赶回家里,为的是能让女儿及时吃到午饭。开饭的时间,和大学食堂一样正点。午饭后,父亲刷锅洗碗,闲不住地收拾收拾这儿,打扫打扫那儿。而芸,照例再出去散步一小会儿。等芸散步回来,父亲或者盖件衣服在竹躺椅上睡着了,或者又背着茶篓采茶去了。那么,芸也开始午休了。她往往一觉睡到三点钟。那时,父亲已背回了下午采的第一篓茶。父亲总是悄无声息地回来,又悄无声息地离去。那些日子,父亲经常说:"茶叶又涨价了。新茶生出得那么快,可是生出的一笔笔钱啊,不采回家里多可惜。"——有时是对芸说;有时是自言自语。对芸说的时候,是在饭桌上的时候;自言自语的时候,是在芸放下碗筷要去散步的时候。那时候,芸并不接话的。怕一接话,父亲就跟她说起来没完。对于父亲的自言自语,芸只当是人老了,很普遍的现象。

在家乡的日子里,确切地说是在回家的日子里,芸的感觉好极了。芸至今还是一个独身女子。她不是一个漂亮女子,当然也不是一个多么丑的学习机器式的女子。她只不过不漂亮而已。那么对于她,在这个世界上目前只有一个家,便是有父母的地方,便是这个茶乡的这一幢两层的老木屋。它留给她的回忆都是那么温暖。正如她所料想的那样,她写论文的过程没受到过任何干扰。除了在她回到家里的当天,有些乡亲们闻讯来看她,家里再就没人来过。因为父亲和乡亲们打过招呼了。那天父亲往家院外送乡亲们时,芸听到父亲这么说:"我女儿这次回来和往年回来不一样。她这次是为了能安心地写好论文才回来的。那对她将来的前途要紧得很哩!大伙互相转告,还没来看过她的,先就不要来了吧。

等我女儿写好了论文再来看她也不迟。"第二天吃早饭时，芸关心地问父亲为什么夜里咳嗽不止，并表示愿意陪着父亲到镇里的医院去检查检查。父亲笑了笑，说没什么大不了的，老毛病了，春秋两季常犯的，过了季节就好了。她本想到镇里去替父亲买药的，但一离开饭桌，伏到写字桌上去，不一会儿就忘了。晚上，父亲夹着被褥睡到楼下去了。芸也就没听到过父亲的咳嗽声……

芸有一个哥哥。哥哥嫂子有一个女儿，已经七岁了。哥哥嫂子带着女儿到广州打工去了，若从广州回来就和父亲住在一起。他们还没有自己的家。他们带着孩子到广州去打工，为的就是挣够一笔足够的钱，也好早日盖起一处他们自己的家。而芸的母亲五年前去世了，芸竟没能及时赶回家乡和母亲见上最后一面。芸在大学里读的是新闻专业，毕业了通常是要当记者的。省城的一家报社在学校里进行招聘活动时，面试后对芸相当满意，基本上是将她预先聘定了。是她自己后来变卦了。大学快毕业的芸，对自己的人生有了更高的追求，觉得当记者太没意思了。人生的更高的追求，在芸的思想里，肯定是要凭借更高的学历去实现的。于是考研。芸有很好的记忆力，不久便成了本校经济学系的研究生。然而经济学非是她所喜欢的，也不相信学了经济学自己的人生将来便注定获得优越的经济基础，于是又向比更高还高的人生目标发起冲刺。三年后她成了北京某所大学中文系的博士生，专业方向是中国古典诗词研究。母亲正是在她成为博士生那一年去世的。母亲去世前，哥哥曾给她写过一封信，告诉她母亲是多么想她，而且病了。那时芸正以"头悬梁，锥刺股"般的刻苦精神备考，哪里会接到哥哥的一封信就十万火急地赶回家呢？等她顺利考完，隔了几天回到家乡时，母亲已成土中之人。芸自然是很悲痛的。她埋怨哥哥不该在信中将母亲的病告之得那么轻描淡写。而哥哥，一句话都没说，狠狠瞪她一眼，起身走到外边去了。倒是父亲向她承认，是他不许哥哥在信中写得太明白，怕她着急上火，影响了考博的状态。事实上，芸是幸运的，在获得研究生文凭以后，也曾有多种在省城就业的机会。但已经获得了研究生文凭的芸，觉得自己的就业人生不该是在省城里开始，而应该是在北京实现。既然自己具有那么强的记忆能力，既然自己那么善于考试，既然考博能使自己特别令人羡慕地成为北京人，干吗不呢？而读博的几年里，芸的日子基本上过得挺快活。人生初级阶段的最后竞争业已获胜，满心怀饱涨着不可名状的优越感，芸也有好情绪进行恋爱了。两次恋爱却都未成功。一次因男方多次地也是公然地蔑视她的博士学位而夭折；一次因她自己的虚荣而告终——那个男人对她倒是无限崇拜，但是个子比她矮了三厘米。如果她不是博士，仅仅是一名普通的大本毕业生，那么那三厘米的身高差距她也许还是可以包涵的。但是自己已经是一位女博士生了啊，于是那三厘米的差距她就无论怎么也跨不过去了。然而她倒也没觉得心灵上留下了多么大的创面。疼还是疼过几天的，仅仅几天之后就结痂了，日子便又渐渐恢复了快活的状态。干吗不快活呢？校园的环境那么美好，两人一间宿舍，博士同学是已婚女子，更多的时候那间宿舍完全属于她自己。如果自己并不向导师请教什么问题，导师是不怎么过问她究竟在干什么的。至于专业呢，古典诗词的背后，有着许许多多或流芳千古或鲜为人知的才子佳人们的爱情故事，对芸而言，研究那些故事是趣味无穷的。而最主要的心情快活的保障是——她再也不像是大本生和研究生时那么手头拮据了。博士生的生活补助够每月吃饭的了，协助导师编书的报酬也不菲。自己还为某杂志开辟了一个专门介绍古典诗词背后的爱情故事的专栏，颇受好评，杂志社竟给她开出了最高稿酬，每月又是相当稳定的一千来元的入项……

昨天晚上，吃罢饭，芸没有像往日一样立刻起身回到自己的房间去。

她说："爸，我的论文写完了！"——说完，伸了个懒腰，一副大功告成的喜悦模样。她对自己的论文质量很满意，也很自信。

父亲望着她，欣慰地说："好啊。写完了好。"

芸又说："我怎么觉得我没瘦，反而胖了呢！"

父亲就笑了，再没说话。

怎么会瘦了呢？

饭桌上几乎顿顿也没断过鱼汤或鸡汤。老茶农对自己是博士后的女儿的爱心，全都煨在汤里了。

"爸,我已经决定了明天下午就回北京去。"

"明天就回去?"

"我想学校的环境了。爸,我们的校园可大了,可美了!有湖,还有假山。湖里有野鸭,我想那些野鸭了……"

"女儿,你是不是还要再往下读好几年的书呢?"

"爸,我再也不必考什么学位了!我想,我已经该算是我这个专业的精英了。"

"什么鹰?"

"爸,你别想错了!好比一座宝塔,我已经是塔尖上的人了。"

"好。好啊。女儿,你终于出息了……"

不知为什么,父亲嘴上这么说着,表情却变得忧郁了。

女儿困惑地问:"爸,你有什么愁事儿吗?"

老茶农微微摇头道:"没有。女儿,你这么出息,爸爸还会有什么愁事呢?就真有,也不愁了。只是,茶叶又涨价了……"

"茶叶涨价了不是好事吗?"

"是啊,是好事。可我一个人,采不过来啊!"

"爸,那就雇人嘛!"

"雇人倒是省事。但四六分钱,一小半被别人得了,不划算啊!"

"爸,采一斤茶叶能卖多少钱?"

"十二三元呢。"

197

"那您一天采十斤，不才能卖一百二三十元嘛？爸，您就别计较划算不划算的了，干脆雇人吧！"

"干脆雇人？"

"干脆雇人！"

临睡前，当女儿的塞给父亲一千元钱，说是早就想寄回家来孝敬父亲的。

父亲却无论如何不肯收下。

父亲说："女儿，我不缺钱，真的不缺。你在北京花销大，还是你留着吧。"

……

现在，女儿的皮箱已经放在门口了，单等着听到摩托车的喇叭声，拎起来就走了。

她已归心似箭。

可父亲为什么还不回来呢？

女儿望着山上那些采茶的身影，看不出哪一个是自己的父亲。

可自己一会儿就要走了，父亲为什么一早还要上山去采茶呢？不就多采回一斤茶才能卖十二三元钱吗？

女儿心里正这么责备着父亲，却听到了父亲上楼的脚步声；一转身，父亲已在跟前，手拿一只塑料袋，里边装的是刚煮熟的茶叶蛋。就在此时，一个本村的小伙子，在老屋前按响了他的摩托车喇叭。父亲头天晚上求他用摩托车将芸送到镇上去，镇上有去省城的长途公共汽车……

当芸已经坐在直达北京的特快列车上时，认出坐在自己对面的，竟是邻村的一位远房叔叔。

于是二人亲热地聊了起来。

"叔，到北京干什么去？"

"还能干什么去？打工呗！"

"如今一斤茶就能卖十二三元了，还非得背井离乡地去打工？"

"谁说一斤茶叶能卖十二三元了？"

"我父亲啊。"

"他骗你哩！现而今茶叶不稀罕了，种茶的收入也薄多了。清明前的头遍茶，最高价也就以每斤四五元来收！清明一过，一斤才能卖两元钱！"

"可，可……可我爸他骗我干什么呢？"

"我怎么知道！哎，芸啊，你父亲的病轻了重了？"

"我父亲……我父亲得什么病了？"

"你不知道？你不知道，我倒不好说了……"

"叔，快告诉我！……"

"唉，芸啊，你父亲他得的是肺癌啊！他已经是个活一天赚一天的人了啊！……"

……

车轮隆隆……

列车向北，向北……

直达北京，而且特快，自然向北……

那茶乡，那老屋，那住守着老屋的老父亲，离是博士后的女儿分分秒秒地远着……

车轮隆隆，仿佛在说："回来！回来！"

当女儿的心里霎时明白了——茶叶的价格已经降到两元钱一斤了，而父亲却骗她说涨到十二三元一斤了；分明地，老父亲多希望她这一个是博士后的女儿能留下帮他采几天茶呀！茶叶究竟多少钱一斤哪里还重要呢？……

车轮隆隆，仿佛在说："分明，分明……"

是博士后的女儿，顿时省悟了——苦读十四年，年年月月收到过钱，原来是父亲、母亲、哥哥和嫂子，以每采一斤茶叶才挣几元钱的辛勤劳作成全着她的人生追求啊！

如今母亲已是泉下之人，而父亲说不定哪一天也是了……自己心里边所装的却是校园湖里的野鸭们！……

"唉，芸啊，我觉得你是读书读傻了哩！你父亲身体那么单薄了，脸色那么不好了，你怎么就会一点儿都没看出来呢？……"

女博士早已泪流满面！

她在心里对自己说："我不是读书读傻了呀，我是……我是……"

车轮隆隆……

列车向北，向北……

车厢里忽然响起了哭声……

玻璃匠和他的儿子

二十世纪八十年代以前，城市里每能见到一类游走匠人——他们背着一个简陋的木架走街串巷；架子上分格装着些尺寸不等、厚薄不同的玻璃。他们一边走一边招徕生意："镶——窗户！……镶——镜框！……镶——相框！……"

他们被叫作"玻璃匠"。

有时，人们甚至直接这么叫他们："哎，镶玻璃的！"

他们一旦被叫住，他们就有点儿钱可挣了。或一角，或几角。总之，除了成本，也就是一块玻璃的原价。他们一次所挣的钱，绝不会超过几角去。一次能挣五角钱的活儿，那就是"大活儿"了。他们一个月遇不上几次大活儿的。一年四季，他们风里来雨里去，冒酷暑，顶严寒，为的是一家人的生活。他们大抵是些由于这样或那样的原因而被拒在"国营"体制以外的人。按今天的说法,是些当年"自谋生路"的人。有"玻璃匠"的年代,城市百姓的日子都过得很拮据,也特别仔细。不论窗玻璃裂碎了,还是相框玻璃或镜子裂碎了;那大块儿的,是舍不得扔的,专等玻璃匠来了,给切割一番,拼对一番。要知道,那是连破了一只瓷盆都舍不得扔,专等锔匠来了给锔上的穷困年代啊!……

玻璃匠开始切割玻璃时,每每吸引不少好奇的孩子围观。孩子们的好奇心,主要是由"玻璃匠"那一把玻璃刀引起的。玻璃刀本身当然不是玻璃的。玻璃刀看上去都是样子差不了哪儿去的刃具,像临帖的毛笔。刀头一般长方而扁,其上固定着极小极小的一粒钻石。玻璃刀之所以能切割玻璃,完全靠那一粒钻石。没有了那一粒小之又小的钻石,一把玻璃刀便一钱不值了。玻璃匠也就只得改行,除非他再买一把玻璃刀。而从前一把玻璃刀一百几十元,相当于一辆新自行车的价格,对于靠镶玻璃养家糊口的人,谈何容易!并且,也极难买到。因为在从前,在中国,钻石本身太稀缺了。所以,从前中国的玻璃匠们,用的几乎全是从前的从前也即一九四九年前的玻璃刀,大抵是外国货。一九四九年前的中国还造不出玻璃刀来。将一粒小之又小的钻石固定在铜或钢的刀头上,是一种特殊的工艺。可想而知,玻璃匠们是多么爱惜他们的玻璃刀!与侠客对自己的兵器的爱惜程度相比,也是不算夸张的。每一位玻璃匠都一定为他们的玻璃刀做了套子,像从前的中学女生每为自己心爱的钢笔织一个笔套。

有的玻璃匠，甚至为他们的玻璃刀做了双层的套子。一层保护刀头，另一层连刀身都套进去，再用一条链子系在内衣兜里，像系着一块宝贵的怀表似的。当他们从套中抽出玻璃刀，好奇的孩子们就将一双双眼睛瞪大了。玻璃刀贴着尺在玻璃上轻轻一划，随之出现一道纹，再经玻璃匠的双手有把握地一掰，玻璃就沿纹齐整地分开了，在孩子们看来那是不可思议的……

我的一位中年朋友的父亲，便是从前年代的一名玻璃匠。他的父亲有一把德国造的玻璃刀。那把玻璃刀上的钻石，比许多玻璃刀上的钻石都大，约半个芝麻粒儿那么大。它对于他的父亲和他一家，意味着什么不必细说。

有次，我这一位朋友在我家里望着我父亲的遗像，聊起了自己曾是玻璃匠的父亲，聊起了他父亲那一把视如宝物的玻璃刀。我听他娓娓道来，心中感慨万千：

他说他父亲一向身体不好，脾气也不好。他十岁那一年，他母亲去世了，从此他父亲的脾气就更不好了。而他是长子，下边有一个弟弟一个妹妹。父亲一发脾气，他就首先成了出气筒。年纪小小的他，和父亲的关系越来越紧张，也越来越冷漠。他认为他的父亲一点儿也不关爱他和弟弟妹妹。他暗想，自己因而也有理由不爱父亲。他承认，少年时的他，心里竟有点儿恨自己的父亲……

有一年夏季，父亲回老家去办理祖父的丧事。父亲临走，指着一个小木匣严厉地说："谁也不许动那里边的东西！"——

他知道父亲的话主要是说给他听的,同时猜到,父亲的玻璃刀放在那个小木匣里了。但他毕竟是个孩子啊!别的孩子感兴趣的东西,他也免不了会对之发生好奇心的呀!何况那东西是自己家里的,就放在一个没有锁的、普普通通的小木匣里!于是父亲走后的第二天他打开了那小木匣,父亲的玻璃刀果然在内。但他只不过将玻璃刀从双层的绒布的套子里抽出来欣赏一番,比画几下而已。他以为他的好奇心会就此满足,却没有。第三天他又将玻璃刀拿在手中,好奇心更大了。找到块碎玻璃试着在上边划了一下,一掰,碎玻璃分为两半,他就觉得更好玩了。以后的几天里,他也成了一名小玻璃匠,用东捡西拾的碎玻璃,为同学们切割出了一些玻璃的直尺和三角尺,大受欢迎。然而最后一次,那把玻璃刀没能从玻璃上划出纹来。仔细一看,刀头上的钻石不见了!他这一惊非同小可,心里毛了,手也被玻璃割破了。他怎么也没想到,使用不得法,刀头上那粒小之又小的钻石,是会被弄掉的。他完全搞不清楚是什么时候掉的,可能掉在哪儿了。就算清楚,又哪里会找得到呢?就算找到了,凭他,又如何安到刀头上去呢?

他对我说,那是他人生中所面临的第一次重大事件。甚至,是唯一的一次重大事件。以后他所面临过的某些烦恼之事的性质,都不及当年那一件事严峻。他当时可以说是吓傻了……由于恐惧,那一天夜里,他想出了一个卑劣的方法——第二天他向同学借了一把小镊子,将一小块碎玻璃在石块上仔仔细细捣得粉碎，夹起半个芝麻粒儿那么小的一个玻璃碴儿，用胶水粘在玻璃刀的刀头上了。那一年是一九七二年，他十四岁……

三十余年后，在我家里，想到他的父亲时，他一边回忆一边对我说："当年，我并不觉得我的办法卑劣。甚至，还觉得挺高明。我希望父亲发现玻璃刀上的钻石粒儿掉了时，以为是他自己使用不慎弄掉的。那么小的东西，一旦掉了，满地哪儿去找呢？即使找不到，哪怕怀疑是我搞坏的，也没有什么根据。只能是怀疑啊！……"

他的父亲回到家里后，吃饭时见他手上缠着布条，问他手指怎么了。他搪塞地回答，生火时不小心被烫了一下。父亲没再多问他什么。

翌日，父亲一早背着玻璃箱出门挣钱去，才一个多小时后就回来了。脸上阴云密布。他和他的弟弟妹妹吓得大气儿都不敢出一口。然而父亲并没问玻璃刀的事，只不过仰躺在床上，闷声不响地接连吸烟……

下午，父亲将他和弟弟妹妹叫到跟前，依然阴沉着脸但却语调平静地说："镶玻璃这种营生是越来越不好干了。哪儿哪儿都停产，连玻璃厂都不生产玻璃了。玻璃匠买不到玻璃，给别人家镶什么呢？我要把那玻璃箱连同剩下的几块玻璃都卖了。我以后不做玻璃匠了，我得另找一种活儿挣钱养活你们……"

他的父亲说完，真的背起玻璃箱出门卖去了……

以后，他的父亲就不再是一个靠手艺挣钱的男人了，而是一个靠力气挣钱养活自己儿女的男人了。他说，以后他的父亲做过临时搬运工，做过临时仓库看守员，还做过公共浴堂的临时搓澡人，居然还放弃一个中年男人的自尊，正正式式地拜师为徒，在公共浴堂里学过修脚……

而且，他父亲的暴脾气，不知为什么竟一天天变好了，不管在外边受了多大委屈和欺辱，再也没回到家里冲他和弟弟妹妹宣泄过。那当父亲的，对于自己的儿女们，也很懂得问饥问寒地关爱着了。这一点一直是他和弟弟妹妹们心中的一个谜，虽然都不免奇怪，却并没有哪一个当面问过他们的父亲。

到了我的朋友三十四岁那一年，也就是九十年代初，他的父亲因积劳成疾，才六十多岁就患了绝症。在医院里，在曾做过玻璃匠的父亲的生命之烛快燃尽的日子里，我的朋友对他的父亲孝敬倍增。那时，他们父子的关系已变得非常深厚了。一天，趁父亲精神还可以，儿子终于向父亲承认，二十几年前，父亲那一把宝贵的玻璃刀是自己弄坏的，也坦白了自己当时那一种卑劣的想法……

不料他父亲说："当年我就断定是你小子弄坏的！"

儿子惊讶了："为什么父亲？难道你从地上找到了……那么小那么小的东西啊，怎么可能呢？"

他的老父亲微微一笑，语调幽默地说："你以为你那种法子高明啊？你以为你爸就那么容易受骗呀？你又哪里会知道，我每次给人家割玻璃时，总是习惯用大拇指抹抹刀头。那天，我一抹，你粘在刀头上的玻璃碴子，扎进我大拇指肚里去了。我只得把揣进自己兜里的五角钱又掏出来退给人家了。我当时那种难堪的样子就别提了，好些个大人孩子围着我看呢！儿子你就不想想，你那么做，不是等于要成心当众出你爸爸的洋相么？……"

儿子愣了愣，低声又问："那你，当年怎么没暴打我一顿？"

他那老父亲注视着他，目光一时变得极为温柔，语调缓慢地说："当年，我是那么想来着。恨不得几步就走回家里，见着你，掀翻就打。可走着走着，似乎有谁在我耳边对我说：'你这个当爸的男人啊，你怪谁呢？你的儿子弄坏了你的东西不敢对你说，还不是因为你平日对他太凶么？你如果平日使他感到你对于他是最可亲爱的一个人，他至于那么做吗？一个十四岁的孩子，那么做是容易的吗？换成大人也不容易啊！不信你回家试试，看你自己把玻璃捣得那么碎，再把那么小那么小的玻璃碴粘在金属上容易不容易？你儿子的做法，是怕你怕得呀！……'我走着走着，我就流泪了。那一天，是我当父亲以来，第一次知道心疼孩子。以前呢，我的心都被穷日子累糙了，顾不上关怀自己的孩子们了……"

"那，爸你也不是因为镶玻璃的活儿不好干了才……"

"唉，儿子你这话问得！这还用问么？……"

我的朋友，一个三十五六岁的儿子，伏在他老父亲身上，无声地哭了。几天后。那父亲在他的两个儿子一个女儿的守护之下，安详而逝……

我的朋友对我讲述完了，我和他不约而同地吸起烟来，长久无话。那时，夕照洒进屋里，洒了一地，洒了一墙。我老父亲的遗像，沐浴着夕照，他在对我微笑。他也曾是一位脾气很大的父亲，也曾使我们当儿女的都很惧怕。可是从某一年开始，他忽然似的判若两人，变成了一位性情温良的父亲。

我望着父亲的遗像，陷入默默的回忆——在我们几个儿女和我们的老父亲之间，想必也曾发生过类似的事吧？那究竟是一件什么事呢？——可我却没有我的朋友那么幸运，至今也不知道。而且，也不可能知道了，将永远是一个谜了……

大兵

天黑了。

暴风雪呼啸得更加狂怒。一辆客车,已经被困在公路上六七个小时。

车上二十几名乘客中,有一位抱着孩子的年轻母亲,她的孩子刚刚两岁多一点儿。还有一个兵,他入伍不久。他那张脸看去怪稚气的,让人觉得似乎还是个少年哪。

那时车厢里的温度,由白天的零下三十摄氏度左右,渐渐降至零下四十摄氏度左右,车窗全被厚厚的雪花一层层"裱"严了。车厢里伸手不见五指,每个人都快冻僵了,那个兵自然也不例外。不知从哪年起,中国人开始将兵叫作"大兵"了。其实,普通的"大兵"们,实在都是些小战士。

那个兵,原本是乘客中穿得最保暖的人:棉袄、棉裤、冻不透的大头鞋，羊剪绒的帽子和里边是羊剪绒的棉手套，还有一件厚厚的羊皮军大衣。

但此刻，他肯定是最感寒冷的一个人。

他的大衣让司机穿走了。只有司机知道应该到哪儿去求援。可司机不肯去，怕离开车后，被冻死在路上，于是兵就毫不犹豫地将大衣脱下来了……

他见一个老汉只戴一顶毡帽，冻得不停地淌清鼻涕，挂了一胡子，样子非常可怜，于是他摘下羊剪绒帽，给老汉戴了。老汉见兵剃的是平头，不忍接受。兵憨厚地笑笑说："大爷您戴着吧！我年轻，火力旺，没事儿。"

人们认为他是兵，他完全应该那么做，他自己当然也这么认为。

后来他又将自己的棉手套送给一个少女戴。她接受时对他说："谢谢。"他说："不用谢。这有什么可谢的？我是兵嘛，应该的。"

后来那年轻的母亲哭了。她发现她的孩子已经冻得嘴唇发青，尽管她一直紧紧抱着孩子。

于是有人叹气……于是有人抱怨司机怎么还没找来救援的人们……

于是有人骂娘、骂天骂地骂那年轻的母亲哭得自己心烦心慌……

于是兵又默默地脱自己的棉袄……

那时刻天还没黑。

一个男人说:"大兵,把棉袄卖给我吧!我出一百元!我身上倒不冷,可我的皮鞋冻透了,我用你的棉袄包脚,怎么样?怎么样?……"一个女人说:"我加五十元卖给我!他的大衣比我的大衣厚。我有关节炎,我得再用什么护住膝盖呀……"

兵对那男人和女人摇摇头,在人们的注视下,走到那位年轻母亲身边,帮着她,用自己的棉袄,将她的孩子包起来了……

穿着大衣的几个男人和女人,都用大衣将自己裹得更紧了。仿佛,兵的举动,使他们冷上加冷了……

再后来,天就黑了。

伸手不见五指的车厢里忽然有火苗一亮:是那个想出一百元买下他棉袄的男人按着打火机。他到兵跟前,一松手指,打火机灭了,车厢里又伸手不见五指了。

他低声说:"真的,你这兵就是经冻。咱俩商量个事儿,把你的大头鞋卖给我吧,两百元!两百元啊!"

兵说:"这不行。我要冻掉了双脚,就没法儿再当兵了。"

他一再地央求。说哪儿会冻掉你双脚呢!你们当兵的都练过功夫,瞧你多经冻呀!不会的。唉,你太傻了点儿吧!你把大衣、棉袄、帽子和手套都白送给别人穿着戴着了,怎么我买你一双鞋你倒不肯了呢?没人会知道你是卖给我的!大家都睡着了,听不到咱俩这么小声说话……

兵沉默片刻,犹豫地说:"那……如果你愿意用你那半

211

瓶酒和我换的话，我可以考虑……"

于是他又按着打火机，回到自己的座位那儿，取来了他喝剩下的半瓶酒交给了兵……

于是兵弯下腰，默默解自己的鞋带儿……

二人互换之际，他又灌了一大口酒。好像如若不然，这种交换，在他那一方面是很吃亏的。兵从车厢这一端，摸索着走向那一端。依次推醒人们，让所有的人都饮口酒驱寒，包括那位年轻的母亲，包括那少女。男人在这种情况下一个比一个贪心，反正黑暗掩盖着贪心，谁也看不见谁喝得太多了……

酒瓶回到兵的手中时，兵最后将它对着嘴举了起来——只有几滴酒缓缓淌进兵的嘴里。兵感到口中一热，似乎浑身也随之热了一下……

车是被困在一条山路上的，一侧是悬崖。狂风像一把巨大的扫帚，将下坡的雪一片片扫向悬崖谷底。

于是车开始悄悄地倒滑了，没有一个乘客感觉到这是一种不祥。但兵敏锐地感觉到了，他下车了……

拂晓，司机引领来了铲雪车和救援的人。乘客们欢呼起来。只有一个人没有欢呼，就是兵。就是那看上去怪稚气的兵，就是那使人觉得还是个少年的兵。

人们是在车后发现他的——他用肩顶着车后轮，并将自己的一条腿垫在车后轮下。

他就那么冻僵在那儿，像一具冰雕。

也许他没有声张，是怕人们惊慌混乱，使车厢内重量失衡，车向悬崖滑得更快。也许，他发出过警告，但沉睡的人们没有听见，呼啸的狂风完全可能将他的喊声掩盖……

事后人们知道，他入伍才半年多，他还不满十九岁。他是一个穷困乡村的多子女的农家的长子，他的未婚妻是个好姑娘，期待着他复员后做他的贤妻……

这是我的一位朋友讲给我听的，他是听他的一位朋友讲给他听的。

从那以后，我就一直想为中国的兵写一篇文字，尽管我一天军装也没穿过。从那以后，我总想说出的一句心里话是——我最爱的是兵……

"上山下乡"的年代，当兵是逃脱那一场运动的捷径，只有极少数的父母才有资格替他们的儿女做这样幸运的选择。

现在，据我所知，兵的队列，主要是由农家子弟组成的了，而且主要是由较穷困的农家子弟组成的。富了的和很富了的农家，自有办法不让他们的子弟去当兵。

这些十八九岁的农家子弟啊，他们一穿上那身迷彩服，就开始被训练成为不同的人。

训练成什么样的人呢？

毛主席当年有一条我们熟悉的语录，叫作"一不怕苦，二不怕死"。

兵们就被训练成这样的人，时刻准备着，为了老百姓去出生入死，赴汤蹈火。一切的大灾难发生之后，最先出现的，必是兵们的身影无疑。兵的使命，使他们不惧伤亡、一往无前、前赴后继。

一位在公安部门工作的朋友曾告诉我——他在审讯车匪路霸时，曾有如下的问答：

"为什么单单抢劫第二辆车而放过了第一辆车？"

"因为……因为第一辆车上有几个兵……"

和兵在一起，许多人就会逢凶化吉，一路平安。

如果你有什么事情要向人无虑相托，你看见一个兵，如果他真是一个兵的话，你就是看见了一个最值得信赖的人。报载：一位厂长在火车上请一个兵替他看着自己的手提包。他下到站台上没能及时上车，而那手提包里有十几万公款。不久，那个兵亲自将提包送到他的单位。

如果你要踏上一条充满艰难险阻的路，有一个兵为伴，你定会暗自庆幸的。因为你深信，无论在什么情况之下，他都不会甩下你不管。如果有两个兵为伴，你就会无忧无虑。如果有三个兵为伴，你简直可以唱着歌儿上路。尽管他们才十八九二十来岁，尽管在年龄上你可做他们的长兄乃至父亲……

关于兵的事，知道的渐多了，真的不能不从心底爱他们。

是的，我爱兵……

从内心里爱他们……

是的，我爱兵……

从内心里爱他们！

兵与母亲

麦子在北方的大地上熟了的时候,兵们复员了。

其中一个当过班长的兵,行前被单独叫到连部。连长和指导员以温和的目光望着他,交给兵一项任务——兄弟连的一位连长不幸牺牲了,他的老母亲在地方办的一所托老院里,他的任务是在复员途中,替兄弟连队顺便绕路去看望一下老人家……

兵接受了这个任务,不待开欢送会,独自离开了连队。

兵如期来到了托老院,面对的却是他怎么也不曾料到的情况:托老院由于经营不善,濒临倒闭。前几天,有家属接走了最后几位老人,只剩下那一位连长的母亲还住着……

托老院的人对兵说:"你可来了!我们托老院的房产已经卖给一家开发公司了。对方急等着开工建别墅区呢。我们因为老太太为难死了。你一来,我们的问题就解决了。你无论如何把老太太接走吧!"

兵愣了一会儿,也为难地说:"我把老人家接走倒是件容易的事,可我又该把老人家往哪儿送呢?"

托老院的人说:"这你不必愁,她儿媳妇还在当地农村,送到她身旁去吧!"

兵寻思了一会儿,觉得只有这么做。

在老人家住的那间房子门外,兵响亮地喊了一声:"报告!"

"哪个?"——老人家的语调听来郁郁寡欢。

兵犹豫了一下,这样回答:"我是一个兵。"

"是兵就不用报告了。快进来吧。当兵的都是我儿子。儿子见娘还报的什么告呢?进吧进吧!"

听得出,老人家心情急切。

托老院的人附耳对兵悄语:"老太太患了痴呆症。清楚的时候少,糊涂的时候多。这会儿说的是半清楚半糊涂的话。"

兵不由得又是一阵发愣。

"儿呀,你怎么还不进来呢?"

托老院的人又附耳对兵悄语:"老太太的双眼也基本失明了……"

兵一听心里就急了。兵怕老人家不慎摔着。兵顾不得再多想什么,一掌推开门迈进了屋里。

兵又大声说:"老人家,您别下床,我已经进来了!"

老人家的眼睛循声望向兵。垂在床下的一条腿，缓缓地又蜷收到床上去了。她脸一转，头一低，不理兵了……

兵一时不知如何是好。

托老院的人附耳责备兵："你怎么能叫她老人家呢？你应该叫她娘的嘛！你要真想把老太太接走，你就得冒充是她儿子啊！我告诉你她儿子叫什么名字……"

兵竖起一只手制止道："不用你告诉，我知道。"

"知道你还愣个什么劲儿呢？你快叫声娘试试吧！"

"娘……"兵张了几下嘴，终于轻轻地叫出了那个在连队四年不曾叫过的亲情脉脉的字。

老人家没有反应。

"娘！"老人家还是没有反应。

对方悄语："她耳朵可一点儿毛病没有。准是因为你第一声没叫她娘，而叫她老人家，惹她不高兴了。"

"这老太太一不高兴，谁都拿她没办法。我看你今天是接不走她了。先找家旅馆住下吧！"

兵接受了建议，怀着几分惆怅，默默地退了出去……

兵在旅馆住下以后，坐立不安，反反复复地只想一件事，那就是如何才能圆满完成任务。

第二天，托老院的人到那家旅馆去找兵，服务台说，兵退房了。"退房了？"这回轮到托老院的人发愣了。"这个兵，太不像话了！"

"看上去挺实在，没想到这么油滑！连句话都不留就溜了！"

不料，第三天，兵竟又出现在他们面前，托老院的人转忧为喜。他们对兵说，情况有变化，变得对兵极为有利了。因为老太太昨天一下午都在不停地念叨：我儿子怎么露了一面就没影儿了呢？怎么不来接我回家呢？

"只要你别再叫她老人家，充当她儿子，她准会高高兴兴地跟你走！"

他们巴不得老太太立刻就在他们眼前消失。他们一边夸赞兵一边把兵往老太太房间里推……

兵进了门，又习惯地喊了一声："报告！"

老人家的脸倏地向他转过去。老人家那双失明了的眼里，似乎顿时充满温柔的目光。

兵犹豫片刻，说："娘，是我，您儿子。来接您回家！"

于是，坐在床上的老人家，向兵伸出了自己的双臂……

兵上前几步，单膝跪下……

老人家的双手捧住了兵的脸。接着，摸向兵的肩，兵的帽子……

"儿呀，你衣肩上怎么没那章章了呢？你帽子上怎么没那五角星星了呢？"

"娘，儿复员了！"

"那，你以后就可以整天和娘在一起了？"

"对。儿以后就可以整天和娘在一起了！"

老人家便一下子将兵的头紧紧搂在她怀里了！兵的眼刹

那间湿了……

兵昨天已经去了百里外的农村，见到了老人家的儿媳。军嫂是个刚强的女子，正承担着丧夫的悲痛在秋收。女儿才九岁，上小学二年级。军嫂对兵说，一忙过秋收，她就会将老人家接回来的。

兵当时问："另转一家托老院行不行呢？"

军嫂说她四处联系过，本县还有另外一家托老院，但收费太高，丈夫的那笔抚恤金支付不了几年啊。转到外县的托老院去，就没法经常去看望老人家了……

军嫂说着说着，落泪了。

兵望着才三十几岁的军嫂，想到了她以后的人生。于是一个决定在心中敲定。他要替军嫂和部队将一位牺牲了的军人的老母亲赡养起来！兵骗军嫂说，他临行前，部队指示他，务必负责将老人家转到另一个省的托老院去。说那儿条件可好了，而且是部队的转业干部在那儿当院长，老人家不会受委屈。军嫂哭了，说她怎么能舍得老人家离她那么远呢？兵就婉言劝军嫂想开点儿。说若辜负了部队的妥善安排也不好啊。军嫂却说，老人家晕车。兵说："那我用小车推她老人家！"

托老院替兵买了一辆崭新的三轮平板车。装了个美观的遮篷，做了一个分格儿的箱子，里边可以装食物、矿泉水、药，连修车的工具和气筒都替兵备齐了。

兵很感动。

老人家一坐上那辆车就笑得合不拢嘴，孩子似的嚷着：

"回家喽，我要回家喽！是我当兵的儿子来接我回家的！"

兵见老人家高兴，自己也高兴，也笑。兵大声说："娘，坐稳！咱娘儿俩上路啦！"

在托老院的人们的目送下，那辆崭新又美观的三轮平板车渐渐远去。兵将他们面临的难题解决了。兵将他自己那张实实在在憨憨厚厚的脸印在他们的记忆中了。他们从内心里祝福"母子"二人一路平安！

那辆崭新又美观的三轮平板车，在秋高气爽的季节，在斑斓似锦的北方大地上，在由北向南的几乎天天骄阳普照的公路上，如一辆观光旅游车一样，按兵心里的计程表接近着兵的家乡。

兵一路对娘讲着自己看到的景色；偶尔也"引吭高歌"。兵唱得最熟的是《九月九的酒》："又是九月九，重阳夜，难聚首，思乡的人儿，漂流在外头……"

路上，"娘"丢过一次：那是在与家乡相邻的一个省份的地界内发生的事。傍晚，在公路旁的一家小饭馆前，兵遇到了几个歹徒抢劫、欺辱一名妇女。兵当然没有袖手旁观。歹徒受到了兵凛然正气的震慑，跑了。但兵的后脑上挨了重重的一击，昏了过去……

兵醒来时，发现自己躺在县城的医院里。"我怎么会在这儿呢？"护士说："你是见义勇为的英雄呀。在你昏迷不醒的时候，我们县里的领导都来看过你啦！"

"那……我娘呢？"

"你娘？"

"我在这儿几天了？"

"没多久，才四天。"

兵一下子呆住了。兵突然哇地大哭起来。兵双手握成拳，同时擂着病床："这可怎么好，这可怎么好，我怎么把我'娘'丢了！都四天了，我哪儿去找我娘呀！"

此事惊动了院长。院长问明白以后，立即向县里汇报。于是县里指示公安机关出动人员，帮助兵寻找他的"娘"。

其实四天里，"娘"没离开过公路旁那家小饭馆前。确切地说，除了下车去厕所，几乎没离开那辆三轮平板车。饿了，就吃箱子里的面包，或几块饼干；渴了，喝几口矿泉水，或吃一个西红柿。晚上，蜷在车上睡。小饭馆的主人目睹了兵见义勇为那一幕，有心替兵关照他的"娘"。他送给老人家饭菜，老人家一口也不吃；晚上，他想请老人家睡到他屋子里去，老人家也根本不听他劝。她反反复复只说一句话："我儿不会把我撇在这儿的！"

也幸亏头脑痴呆的老人家专执一念守在车上，否则，那车肯定会被贪财的人蹬走了。而饭馆主人唯一能尽一下心意的事，不过就是在老人家下车去厕所时，搀扶她并替她照看着车。

当兵见到"娘"四天里没洗过脸的样子，兵双臂紧紧抱住"娘"，头偎在"娘"脸前，泪如泉涌。

兵内疚地说："娘，对不起，儿让你受委屈了。"

"娘"眉开眼笑，左手拍拍兵的背，右手摸摸兵的脸，高兴地说："我儿叫娘好担心，我儿叫娘好担心……"

小饭馆的主人听别人悄悄议论老人头脑痴呆，认为纯粹是胡说八道，立即予以反驳："造谣！我长这么大就没见过比她更主意铁定的老太太！不听到她儿子的声音，连冬天都会在车上过。如果她头脑痴呆，那我们都痴呆了！"

县里向兵授了一面锦旗，上绣"当兵的人"四字。

"娘"坚持让在车篷旁竖一根杆儿，将锦旗挂着。兵看得出"娘"因他这个儿子感到多么自豪，不愿扫老人家兴，依她。她竟信不过兵，用手摸到那旗杆儿确实竖在车篷旁了，锦旗也确实挂在旗杆儿上了，才欣然地抿嘴笑了。在人们的夹道欢送之下，兵蹬着那辆车离开了县城。

路上，"娘"问："儿呀，旗飘着吗？"兵朗声回答："娘，飘得像一面迎风招展的军旗啊！"

其实，兵已经将旗取下了。他觉得太招摇了。

当然，兵和"娘"也逢过刮风天，下雨天。"娘"就会格外心疼"儿子"，不许他继续赶路，一定要他找个地方避避，或干脆在路边小店住下。兵则完全顺着"娘"的意思，一次也没惹"娘"不快过。

终于有一天，兵蹬着那辆车进入了家乡的地域……在一条盘山路旁，兵刹住车，扭回头喜悦地说："娘，咱们到家了！远处那小村子就是……"

"娘"却在车上舒服地酣睡着。秋日中午的阳光，以它一年里最后那份儿洋洋暖意，慷慨地照耀在"娘"身上，照耀在"娘"脸上。兵不禁笑了。

斯时那辆崭新的车已经变旧了。有的地方已经因被雨淋过而生锈了。美观的车篷也褪色了，蒙尘落土了。而兵的平头已经长成长发了。兵的军装，被一番番汗碱板结了，像刚刚浆过似的。兵用手抹了一把脸上的汗，觉出自己脸上长出了扎手的胡茬……

斯时兵已蹬着那辆车行程数千公里，历时近两个月了……

不久，连队收到了兵的信。信中写道："敬爱的连长和指导员：由于特殊的情况，你们交给我的任务，我是这样完成的……"

连长看完信说："想不到啊！"

指导员看完信说："归根到底，是我们许多这样的兵，使我们的部队有种种理由感到光荣和骄傲呀！"

当天，复员了的兵的这封信，在全连大会上被宣读了。

一阵肃静之后，一名战士大声唱了起来："咱当兵的人，有啥不一样……"于是全连战士齐唱："咱当兵的人，咱当兵的人……"

他们想，数千公里以外那一名复员了的战友，也许能听到他们的歌声吧？

"老兵"和军马

老兵其实并不老,才二十六岁。

八年前,老兵自然是新入伍的小兵。个子不高,刚刚达到体检的身高要求。国字脸,浓眉,厚唇。浓眉下一双单睑眼,目光忧郁而倔强。那种眼睛是最不善于传达心语的。忧郁而倔强乃是它们的"本色"。的确,那是一双很"本色"的眼睛。似乎除了公开它的"本色",再就没有任何别的内容可流露了。老兵肩宽胸阔,体格看上去相当壮,是干累活儿练出来的。

他结束了身高和体重那一关,问填体检表的医生:"合格吧?"

医生头也不抬地边填边说:"体重倒是没问题,身高将够格。"

他说:"够格就是合格呗!"

医生放下笔,望着他摇摇头:"不一定吧?你和他们比比!"别的小伙子都比他个子高。

他怔了片刻,嘟哝:"选兵又不是选跳舞的!"

医生不再说什么,低头填下一张表。

"雷锋个子也不高!"

"……"

"医生,求求你,替我增高几厘米行不?"

医生笑了:"我有什么办法替你增高哇?"

"这简单嘛!"他抽出了自己那张表,指着说,"这儿,你把'3'改成'8',我不是就增高五厘米了么?"

医生说:"不行。那是弄虚作假!"便将他的表又压在其他表下了。

"为了当上兵,革命的弄虚作假那也是可以原谅的嘛!求求你了医生,求求你了!"

医生不愿再理睬他。他竟不去下一关体检,大声发起牢骚来:"够格还不算合格,哪有这个理!部队也不来个当官的。来了,我起码还可以当面申诉申诉愿望!"

这时,另一位穿白大褂的向他转过身——他发现对方白大褂的敞领内,显露着军上衣和红领章。

他又怔了。

"为什么想当兵?"

"奔出息。"

"难道只有当兵才有出息?"

"对我，差不多就是这样。"

"当不成兵，还可以考高中，考大学嘛！"

"考上了，家里也供不起。"

"离开过家乡么？"

"到城里打过三年短工。"

"三年？三年前你才十五岁！"

"对。"

"喜爱马么？"

"马？……喜爱！我家一匹马就是我从小养到大的。我对它像对我兄弟！……"

那位招兵的连长凝视他良久，将他扯到一旁，悄悄对他耳语："我给你吃颗定心丸。二十三还蹿一蹿呢！我看你到了部队上个子还能长！……"

就这样，他如愿以偿地穿上了军装，被分到了东北大地上的一处军马场。那军马场位于黑龙江与内蒙古的交界之域，广袤而苍凉。

像所有的农村新兵一样，他怀揣着一个秘密，也可以说是一个心思。那心思倘对所有人公开坦白了，所有人都会予以理解——入党，提干，留在部队，逐级晋升军阶，熬成位校官。一生尽忠于部队，既出息了自己，又荣耀了家门。但是他从没对任何人公开坦白过。人人都有的心思，就不值得谁对谁坦白了。他默默地，吃苦耐劳地，执着不移地接近着他的人生憧憬。军马场的兵也是兵。军训是照例的军营生活的内容。而驯养军马意味着"专业"。好比炮兵和坦克兵对炮和坦克的性能必须了如指掌一样。多亏他在家里养过马，了解马，爱马，所以很快就成了"专业"最出色的新兵。他知道驯养军马仅凭自己养过一匹马那点儿粗浅的经验是不行的，便托人四处买来了有关的书籍，并且天天坚持记录驯养心得。他的军训成绩也很优秀。倘爆发了战争，他随便跨上任何一匹军马，都可以立刻成为一名骁勇善战的骑兵。入伍第二年他在新兵中第一个当上了副班长，第三年入了党，第四年当上了班长。他爱军马，更爱他那一班天天为军马的健壮早起晚睡的战士。第五年他被所在部队授予"模范班长"的称号。

他那一班战士中曾有人说："班长爱咱们像一位母亲爱儿子！"

却立即有人反对："他爱军马才爱到那样！对咱们的感情呀，比对军马差一大截哪！哎，你自己承认不，班长？"

正在替战士补鞋的他，笑了笑，没吱声儿。

众战士逼他做出回答。

无奈之下，他真挚地说："其实呢，我是这么想的，我们为谁驯养军马？为骑兵部队嘛。军马是骑兵不会说话的战友。我们今天多爱军马一分，军马明天就会以忠诚多回报我们的骑兵兄弟一分。爱马也等于爱人啊！……"

于是战士们都肃然了。

有一天，他一个人躲在一处僻静的地方大哭了一场——

家信中说,他家那匹马病死了。那匹马是他用在城里打工的钱买的,买时才是个小马驹子。他想,如果自己没参军,那匹马是不会病死的……

从此以后,他更爱一匹枣红军马了。它端秀的额头上,有像扑克牌中的方块似的一处白毛。他给它取了个名字叫"白头心儿"。他家那匹马的额头正中也有"白头心儿",只不过不是枣红色,而是菊花青色的……

那时他就已经开始被视为"老兵",尊称为"老班长"了。尽管才二十三岁多点儿。已经欢送过一批战友退伍了,可不是老兵怎么的呢!当年那一批兵中,只留下了他一个,对于后来的一批新兵而言,可不是"老班长"嘛!退伍的战友们与他分别之际,许多人哭了。和他一样来自农村的战友,对他依依不舍而又羡慕。他明白他们的心里话——"班长,就看你的了!"他对他们也同样依依不舍而又颇觉不安,仿佛自己侵占了别人的利益似的。同时,当然还感到了几分欣慰,几分自信。毕竟,已经是班长了,被留下超期服役了,兴许部队将来真的能栽培自己为军官吧?

"白头心儿"救了他一命。那一次军马受惊"炸群",他从另一匹马的背上一头掼了下去。恰巧"白头心儿"随着受惊的马群冲过来,它一口将他叼起。否则,他将毙命于万蹄之下无疑。当马群安静下来,他搂着"白头心儿"的脖子,感激地涌出了热泪。由于在奔驰中还紧紧叼住他不放,"白头心儿"的嘴唇被撕豁了……

他入伍的第八年，裁军，军马场接到了解散的命令。骑兵这一兵种，因军事装备的越来越现代化，逐渐被认识到，已经不太可能发挥其在以往战争中的迅猛威慑力了。大部分军马被卖了。一小部分优秀的选送给各边防部队了。剩下几十匹略有残疾的，被处理给形形色色的人们了。有的从此做了普普通通的劳役马；有的做了什么风景区的观娱马，供游人骑着逛景致，照相；有的被什么特技马术队买走了，"白头心儿"便在其中。

"白头心儿"被买走时他在场。那马眼望着他，四蹄后撑，任买主鞭打叱喝，岿然不动。他不忍眼见它受虐，轻轻拍着它脖子，对它耳语般地说："'白头心儿'啊，何苦呢？乖乖跟人家走吧，啊？我不会忘了你的，有一天我会把你买回来，使你成为我的马的！"——分明，马听懂了他的话，马头在他肩上磨蹭了几番,生了根似的马蹄才终于迈动起来……

望着"白头心儿"被拽走，不知不觉地，泪水已淌在二十六岁的"老兵"的脸颊上。

军马场虽然解散了，但仍有诸多的后事需人料理。二十六岁的"老兵"，怀揣着一份退伍通知书，滞留了两个月。他又获得了部队授予的"模范班长"的荣誉。那是对他八年服役的最后的嘉奖。他参军后的种种的希冀，全都休止在那又宝贵又朴素的荣誉上，成了"光荣的梦想"。

他是最后离开军马场的官兵中的一个。那是一个冬日里的黄昏，他们列队肃立在已然空荡无物的营房前，而营房后不远处，是一排排寂静的马厩。连长命令他以"老兵"的身份降下八一军旗。他明白，那也意味着是给予了他一种特殊的资格。仰望着在风中飘荡的军旗徐徐而降，他仿佛听到营房中传出了笑声和歌声，仿佛闻到从马厩发出的草料混杂着马粪那种带着一股温热似的芳香。是的，对他这名军马场的"老兵"来说，那种特殊的气味儿的确是芳香的……

当他捧着军旗交给连长时，连长未接。

连长说："老兵，收下这面军旗做个纪念吧！"

上级批准他们可以鸣枪告别军马场。

连长允许他们每人鸣枪的次数可以和自己入伍的年限一样。除了连长和指导员，再就是他入伍的年限长了。

但他只鸣放了七枪。

指导员说："老兵，我替你数着呢，你还差一枪。"

他双眼噙泪回答："指导员，我不满八年军龄，差四个月……"他话音未落，有人哭了。

如血的夕阳沉到地平线以下了，当广袤而苍凉的大草原夜幕降临时分，他们乘军车离开了军马场。回望着在视野中越来越远越来越模糊的营房和马厩，他想——它们也将成为这大草原上光荣与梦想的遗址了。他想——他保存他"模范班长"的证书，一定要比大草原保存那遗迹更长久，更长久……

他突然拍着军车驾驶室的棚盖大喊："停车！"

车停下了。

他喃喃地说："我……我好像听到了'白头心儿'的嘶叫……"

然而其实只有风声……

这提前四个月退役的"老兵"，在归乡的途中，在一个地界毗连大草原的小县城里，竟然发现了"白头心儿"。更确切地说，是那马首先发现了他。也许它并没能立刻认出他，而仅仅是因为他的一身绿军装，唤起了那军马求救的本能。他循着马嘶声望去，见"白头心儿"也正望着他，卧在一幢砖房前。马旁，一根高木杆上挂着一块牌子，牌子上写着四个醒目的大字是——"吕记马肉"。"白头心儿"就拴在那木桩上。他走近它，见它那晶亮的大眼睛里分明地汪着泪。那军马以一种类人的哀怨忧伤的目光瞪视着他。

马肉店的老板告诉他，那军马在为某电影摄制组效劳过程中弄断了一条腿，看来废了，只有杀死卖肉了。

他蹲下查看了一番马腿，请求老板将"白头心儿"转卖给他。

老板出了一个数。那笔钱超过他的复员费，而老板却不肯让价。

"我白替你打工行不行？"

"多久？"

"直到这匹马能站起来了为止。"

老板认为他傻，认为那马永远也站不起来了，便爽快地答应了。

于是他从此一边打工,一边精心照料"白头心儿"。

一个月后,"白头心儿"奇迹般地站起来了。

老板被他感动了,没再收他一分钱,允许他将"白头心儿"牵走,并且,还白赠了他一副马鞍。

由于"白头心儿",他自然没法乘火车。于是这"老兵"和曾救过他命的那一匹军马,朝行暮宿,向着他的家乡,开始了他们的"长征"……

途中,他度过了二十六岁生日。

两个月后,他老母亲看见一个胡子拉碴的、风尘仆仆的、穿一身军装的男人,牵着一匹瘦骨嶙峋的有"白头心儿"的长鬃枣红马蹒跚地来到家门前。

他激动地叫了一声:"妈!"老母亲惊喜地认出他是她那参军八年一次也没探过家的儿子!

不是老母亲将儿子搂抱在怀里,而是儿子将瘦小的老母亲搂抱在怀里……

他惭愧地说:"妈,我的复员费几乎都花光在路上了……"

他又说:"妈,你看,咱们又有一匹'白头心儿'了!"

第二天清晨,他牵着"白头心儿"登上了家乡的山头,俯瞰着几处穷困得近乎败落的村子,他对"白头心儿"发誓般地说:"'白头心儿',帮我把咱们的家乡彻底变个样儿吧!"

那一时刻,二十六岁的"老兵"似乎顿悟——军队给予他的,还有比"模范班长"之荣誉重要得多的东西……

马儿安闲地吃着青草……